博雅文叢

天道與人文

竺可楨 著

施愛東 編

出版説明

「博雅教育」，英文稱為 General Education，又譯作「通識教育」。

甚麼是「通識教育」呢？依「維基百科」的「通識教育」條目所説：「其一是通才教育；其二是指全人格教育。通識教育作為近代開始普及的一門學科，其概念可上溯至先秦時代的六藝教育思想，在西方則可追溯到古希臘時期的博雅教育意念。」歐美國家的大學早就開設此門學科。

在兩岸三地，「通識教育」則是一門較新的學科，涉及的又是跨學科的知識。概而言之，乃是有關人文、社科，甚至理工科、新媒體、人工智能等未來科學的多方面的古今中外的舊常識、新知識的普及化介紹，等等。因而，學界歷來對其「定義」抱有各種歧見。依台灣學者江宜樺教授在「通識教育系列座談（一）會議記錄」（二〇〇三年二月）所指陳，暫時可歸納為以下幾種：

一、通識就是如（美國）哥倫比亞大學、哈佛大學所認定的 Liberal Arts。

二、如芝加哥大學認為：通識應該全部讀經典。

三、要求學生不只接觸 Liberal Arts，也要人文社會科學學生接觸一些理工、自然科學學科；理工、自然科學學生接觸一些人文社會學，這是目前最普遍的作法。

四、認為通識教育是全人教育、終身學習。

五、傾向生活性、實用性、娛樂性課程。好比寶石鑑定、插花、茶道。

六、以講座方式進行通識課程。（從略）

近十年來，香港的大專院校開設「通識教育」學科，列為大學教育體系中必要的一環，因應於此，香港的高中教育課程已納入「通識教育」。自二〇一二年開始的第一屆香港中學文憑考試，通識教育科被列入四大必修科目之一，考生入讀大學必須至少考取最低門檻的「第二級」的成績。在可預見的將來，在高中教育課程中，通識教育的份量將會越來越重。

在互聯網技術蓬勃發展的大數據時代，搜索功能的巨大擴展使得手機、網絡閱讀、搜索成為最常使用的獲取知識的手段，但網上資訊氾濫，良莠不分，所提供的內容知識未經嚴格編審，有許多望文生義、張冠李戴及不嚴謹的錯誤資料，謬種流傳，誤人子弟，造成一種偽知識的「快餐式」文化。這種情況令人擔心。面對着人工智能技術的迅猛發展所導致的對傳統優秀文化內容傳教之退化，如何能繼續將中國文化的人文精神薪火傳承？培育讀書習慣不啻是最好的一種文化訓練。

有感於此，我們認為應該及時為香港教育的這一未來發展趨勢做一套有益於中、大學生的「通識教育」叢書，針對學生或自學者知識過於狹窄、為應試而學習的不良傾向去編選一套「博雅文叢」。錢穆先生曾主張：要讀經典。他在一次演講中還指出：「此時的讀書，是各人自願的，不必硬求記得，也不為應考試，亦不是為着做學問專家或是寫博士論文，這是極輕鬆自由的，正如孔子所言：『默而識之』便得。」我們希望這套叢書能藉此向香港的莘莘學子們提倡深度閱讀，擴大文史知識，博學強聞，以春風化雨、潤物無聲的形式為求學青年培育人文知識的養份。

本編委會從上述六個有關通識教育的範疇中，以第一條作為選擇的方向，以第二條的芝加哥大學認定的「通識應該全部讀經典」作為本文叢的推廣形式，換言之，就是為初中、高中及大專院校的學生而選取的，讀者層面也兼顧自學青年及想繼續進修的社會人士，向他們推薦人文學科的經典之作，以便高中生未雨綢繆，入讀大學後可順利與通識教育科目接軌。

這套文叢將邀請在香港教學第一線的老師、相關專家及學者，組成編輯委員會，分類包括中外古今的文學、藝術等人文學科，而且邀請了一批受過學術訓練的中、大學老師為每本書撰寫「導讀」及做一些補註。雖作為學生的課餘閱讀之作，但期冀能以此薰陶、培育、提高學生的人文素養，全面發展，同時，也可作為成年人終身學習、補充新舊知識的有益讀物。

本叢書多是一代大家的經典著作，在還屬於手抄的著述年代裏，每個字都是經過作者精琢細磨之後所揀選的。為尊重作者寫作習慣和遣詞風格、尊重語言文字自身發展流變的規律，給讀者們提供一種可靠的版本，本叢書對於已經經典化的作品不進行現代漢語的規範化處理，提請讀者特別注意。

「博雅文叢」編輯委員會

二〇一九年四月修訂

目錄

三 順應天時

序

雨起，陰轉多雲，東風一到二級，最高零下一度，最低零下七度。

這是北京一九七四年初某一天的天氣紀錄。驟看起來，似乎平凡不過；但是，如果你知道，這是竺可楨先生用顫抖着的手，寫下的他在世最後一天的天氣紀錄；而且，他對氣象紀錄的那份堅持，在整整三十八年間從來沒有一天間斷過，那麼，你便不能不對這位中國現代氣象學之父肅然起敬了。

竺老對氣象研究的熱愛，和對工作的認真，肯定感染了中國內地不少氣象學後輩。我在上世紀八十年代中期，有幸接待陶詩言和丁一匯兩位內地當代氣象學泰斗，來到香港天文台為同事們主講天氣學和颱風科學。以陶、丁兩位的功力和學養，我滿以為他們不需甚麼準備，只要站上講台，便可以滔滔不絕的把知識傾囊相授；但是，他們為了達到最好的教學效果，便煞費苦心，幾乎用盡他們在香港的所有工餘時間，編寫詳盡的筆記和繪畫投影膠片，好讓我們更容易掌握和學習。他們這種一絲不苟的態度，令當時尚年青的我，深深相信中國的氣象事業，以至其他科學領域，一定會有長足的發展。在三十多年後的今天回看起來，我當年這個預感應該算是應驗了。

竺可楨這個名字，對包括我在內的香港氣象學會會員和其他氣象愛好者來説，都會感覺特別親切。原因除了編者施愛東先生在本書詳細介紹的竺老對中國氣象事業的貢獻之外，亦因為香港氣象學會早在一九九九年，已將前天文台台長岑柏先生慷慨捐贈的款項，設立了竺可楨基金，一方面紀念和表揚竺老，另一方面獎勵香港年青朋友，努力從事氣象研究工作。獎項歷年頒授的對象都是香港大專院校的學生或研究生，而他們的研究報告必須被同行評審的科學期刊接納和刊登。之後，氣象學會委派的三位成員組成的專家小組決定一位得獎者。得獎者會被邀請在會員大會上分享他的研究，並由會長頒發獎金和獎狀。值得一提的是，有兩位竺可楨獎得獎者都先後加入了天文台工作，並且在氣象科研路上更上一層樓。

這本《天道與人文》，是我近年來少有的愛不釋手、一天之內看畢的書籍。我感覺到竺可楨先生的這些短文，幾乎和我近年來所主持的《武測天》電視節目一樣，都是努力用一些淺易的語言，去解釋天氣、氣候和其他自然科學，以達至科學普及目的的。而竺先生對於古今中外，上至統治者、下至江湖術士散播的妖妄迷信不留餘地的鞭撻，同樣引起我的共鳴，和我的作風不謀而合。時至今天，仍有不少人捨棄科學態度，鼓吹怪力亂神的愚人思想，又或是根據無稽的謠言大做文章，這些行為，實在是誤導人們回到愚昧的年代。

《天道與人文》的主軸當然是自然科學，但竺老在介紹中國的物候發展和氣候變遷時，自然而然地涉及了中國五千年來的考古、歷史、地方誌、詩詞歌賦、南北東西各地的風土人情等等；讀起來，不單令人不自禁地讚嘆他把科學和人文天衣無縫的交織共融起來，更加讓人有種走進時光隧道，在中國遼闊的幅員上馳騁的感覺。在享受這種感覺之餘，更欽佩竺老的魄力；他梳理了無數的典籍，把從文字中抽絲剝繭，旁徵博引獲取的資料，轉化成客觀的科學數字和結論。當年這種求真探究的歷程，比起現代氣候工作者可以透過電腦協助分析，其艱苦程度，實在是有過之而無不及。

「楓葉欲殘看愈好，梅花未動意先香。」竺老援用陸放翁這位懂得大自然語言和其他詩人的詩句，引起我對神州大地錦繡河山的無限嚮往。可惜執筆之時，正是病毒肆虐之日，否則必定會再次北上，重踏竺老和歷代詩人墨客的足跡，細味他們當年對天地萬物心領神悟的情懷。

雖說「花如解語應多事，石不能言最可人」，但竺老卻認為石頭和花卉都能說出大地的秘密。重溫細嚼書中介紹的中國物候，更加感覺到自古至今，世間上的花草樹木、蟲魚鳥獸、一溪一河，無一不是和我們人類的福祉環環緊扣。環顧現今環境崩壞、氣候危機愈演愈烈，我們現代人更加需要竺老的智慧，才可避免走進萬劫不復的境地。

梁榮武

二〇二二年一月十一日

梁榮武，香港氣象學家、香港天文台前助理台長、香港第一代天氣預報員、電視台氣象節目主持人。香港理工大學兼任教授、香港伍倫貢學院首席講師。致力於科學普及教育工作，透過到學校、公私營機構和民間團體演講和參與電台、電視台及其他媒體的節目，介紹環境和氣候變化的科學，並宣揚環保與氣候行動的逼切性。

認識竺可楨

（一）大科學家竺可楨

竺可楨（一九八〇－一九七四），字藕舫，二十世紀中國最偉大的科學家之一，中國近代地理學和氣象學的奠基人，一位卓越的大學教育家。

竺可楨一八九〇年三月七日生於浙江省上虞縣東關鎮（原屬紹興縣）。一九〇九年進唐山路礦學堂（唐山鐵道學院前身），學習土木工程。一九一〇年，公費赴美留學，求學於伊利諾大學農學院，一九一三年夏季畢業，隨後轉入哈佛大學研究院地學系，主修氣象學。

從一九一六年開始，竺可楨參加了我國第一個以提倡科學、傳播知識為宗旨的科學團體——中國科學社的活動，成為該社骨幹成員之一。這一時期，他在美國的氣象、地理刊物上和中國科學社的《科學》月刊上發表了一系列關於中國雨量和颱風的學術論文。中國科學社遷回國內以後，竺可楨更積極在《科學》上發表文章，為我國近代科學的建立和傳播立下了不朽的功勳。

一九一八年秋，竺可楨獲博士學位，旋即回國，執教於武昌高等師範學校（武漢大學前身），講授地理學和氣象學。一九二〇年，轉到南京高等師範學校（後改為東南大學，今南京大學前身），任地學系主任，教授地學通論、氣象學、世界氣候、地質學等。我國最早的一批氣象學家和地理學家多屬他在這一時期的學生。一九二五年，竺可楨到上海商務印書館擔任編輯。一九二六年，受聘於南開大學。

一九二七年，竺可楨應新成立的中央研究院聘請，在南京籌建氣象研究所。一九二八年任該所所長。他親自訓練了大批氣象觀測人才，在全國佈設了四十多個觀測台站，在此基礎上展開了對地面和高空的觀測，開始了我國近代科學意義上的天氣預報業務，改變了我國氣象預報對國外駐華機構的依賴局面。

一九三六年，竺可楨出任浙江大學校長。這一時期，他推行大學教育方針、改善教學環境、健全教育制度、整頓教風學風，確立了浙江大學的「求是」校訓，把浙江大學由一個規模較小的地方性大學，辦成了蜚聲中外的著名學府。抗戰爆發以後，他帶領全校師生在兩年之內，經過四次大的遷移，跋涉五千里，在極端簡陋的條件下堅持教學和科研活動，終於在一九三九年底到達並定居於貴州遵義和湄潭。返杭之前艱苦創業的浙江大學，在幾門基礎科學的教學和科研上都取得了不俗的成績，曾被著名的英國學者稱作東方的劍橋大學。

一九四九年七月，竺可楨到北京參加全國科學工作者代表大會籌備會議。十月，出任中國科學院副院長。同時，他還擔任科協副主席、中國地理學會理事長、氣象學會理事長等許多學術界領導職務。中國科學院在建院初期，竺可楨全面領導了自然科學各方面的工作。他親自主持籌建了中國科學院地理研究所。這一時期科學院的地學工作，如綜合考察、自然區劃、地學規劃、地圖集的編纂等，基本是在他的領導或指導下開展的。當竺可楨最後一次在河西走廊進行野外考察時，已是七十六歲高齡。在這些綜合考察中，竺可楨特別注意對自然的保護和利用，其正確性多為日後的實踐所證明。

竺可楨是第一位在我國高等學校講授近代地理學的教師；他所創辦的東南大學地學系，是我國最早的地理系；他所編纂的《地學通論》講義，是我國最早的近代地理學教科書；他創辦了我國第一個自己的氣象學研究機構，宣傳推動各省建立了一批氣象台站；他中興了浙江大學；他積極倡導、組織和參加了中國地學、生物學、天文學、自然資源綜合考察等許多方面的工作；他熱心倡導科學普及，是一位出色的科普作家。

（二）文史大家竺可楨

竺可楨主要是作為一個傑出的自然科學家為我們所認識的。二十年前，當我作為一個天氣動力學專業的本科生初窺氣象之門的時候，竺可楨這一名字，是如雷貫耳的一個象徵符號，它象徵了科學和權威。後來我棄理從文，日漸遠離了數字和線條，也就遠離了對竺可楨的更進一步的了解。因為編輯這本小書，讓我還有機會重讀大師的著述。換一種眼光進入這位大科學家的思維領域，突然發現，即使單以對中國上下五千年歷史文獻的理解和把握而論，竺可楨就稱得上文史大家！

竺可楨不僅西學淵博，國學功底也極深厚，對各類文獻由經、史、子、集以至詩詞、筆記、方志、日記等公私著述，無不廣徵博採。他善於從我國浩如煙海的古代文獻中發掘有用資料，借助現代科學理論進行分析、比較，創造性地提出自己的觀點，構擬出一篇篇充滿文史趣味的科學論文。借助竺可楨的科學燭照，我們可以換一種方式進入「今人不見古時月，今月曾經照古人。古人今人若流水，共看明月皆如此」的神妙境界。

他的晚年代表作《中國近五千年來氣候變遷的初步研究》，以考古資料、物候記載、地方史志等文史資料為據，利用中國傳統的考據法，得出中國五千年氣候變遷的清晰走勢，居然與西方科學家運用同位素方法測得同時代氣溫變化的結果是一致的，而且還得出了「在同一波瀾起伏中，歐洲的波動往往落在中國之後」的意外結論，令人嘆為觀止。

許多文史工作者在選用素材時，都有「六經注我」或堆砌編排的特點，其最終分析可能失之偏頗。竺可楨選用材料十分講究，對歷史的分析基本上做到了唯材料是舉。《中國近五千年來氣候變遷的初步研究》一文，對氣候變遷的分期，既不是根據溫度變遷的週期，也不是根據歷史朝代的不同，更不是根據紀年方式的變更，而純粹是「根據手邊材料的性質」。把氣候時期分為「考古時期」、「物候時期」、「方志時期」、「儀器觀測時期」，這種分期方式與氣候變遷本身並無關係，表面上看來極不合自然邏輯，但在實際操作中卻是最方便實用且能最接近客觀真實的一種方式，典型地體現了他所反覆提倡的「求是」精神。

素材選用的科學性還表現在對於技術指標的確認，比如他在上述「氣候變遷」一文中寫道：「氣候因素的變遷極為複雜，必須選定一個因素作為指標。如雨量為氣候的重要因素，但不適合於做度量氣候變遷的指標……相反地，溫度的變遷微小，雖1攝氏度之差，亦可精密量出，在冬、春季節即能影響農作物的生長。而且冬季溫度因受北面西伯利亞高氣壓的控制，使我國東部沿海地區溫度升降比較統一，所以本文以冬季溫度的升降作為我國氣候變動的唯一指標。」

竺可楨非常重視科學方法論，他曾著專文討論演繹法和歸納法兩者各自的局限性和相互補充的必要性。他善於排列計算數據和勾勒直觀圖表進行現象歸納，再對歸納結果進行演繹推理。他擅長於歷史地理資料的比較研究，其主要方法有三：

(1) 對比不同現象在空間上的分佈特徵，探討其相互作用；

(2) 根據不同現象在時間上的先後相隨，追溯其因果關係；

(3) 追蹤自然界中物質或能量由一個客體到另一個客體、由這一位置到另一位置、由此一時刻到彼一時刻的演變轉化過程，尋找其量變或質變的關係。

二十世紀中國的許多大科學家都有很好的文史功底，能寫一手漂亮的好文章，他們不僅在科學研究上取得了卓越的成就，許多人還熱心於科學普及。竺可楨生前發表的三百多篇文章中，就有相當數量的科普作品，深入淺出，妙趣橫生，多數可作美文閱讀。本書編選竺文的標準，偏於與傳統文史知識的關聯，如《中秋月》、《牽牛與織女》、《北斗九星》、《説雲》等；而那些不以文史知識見長的純科普性作品如《説颶風》、《氣象淺説》等，則限於「小書」篇幅，未予收錄。

讀着竺可楨的這本「大家小書」，當我們驚嘆於他的文史功力和奇妙觀點的時候，還可把一部份注意力投向這位大科學家在文史方面的研究方法和思維特點，這也許是更值得我們這些人文科學工作者借鑒的地方。

集中所收文章，主要依據《竺可楨文集》（科學出版社一九七九年版），部份依據《竺可楨文錄》、《竺可楨科普創作選集》、《物候學》、《看風雲舒卷》等書，多數是竺可楨長篇大論中與文史知識相關的精彩節選。編者在不影響普通讀者流暢閱讀及正確理解的基礎上，將原文中純數理的內容以及大量圖表作了刪節（註：編者只作了刪節，未作任何添加）。讀者在閱讀過程中如需更精確地了解作者論證的嚴密性，可查閱《文集》。

施愛東

一 天道與人文

氣候與文化 1

世界最古的文化差不多統起源於乾燥地帶之大河流域，如尼羅河之有埃及，幼發拉底河之有巴比倫，渭河流域之有周、秦，是最好的例子。

文化產生地帶為甚麼要在乾燥半沙漠的地方呢？要解答這個問題，我們要設想一個文化之出現，絕非一朝一夕之事，必須經過相當時期。在文化醞釀時期，若有鄰近的野蠻民族侵入，則一線光明即被熄滅。所以世界古代文化的搖籃統在和鄰國隔絕的地方。尼羅河、幼發拉底河、印度河的四周，固然是沙漠；就是我國的渭河流域、西北兩方也是半沙漠地帶，且南面有秦嶺、東面有函谷關，所謂四塞之國。在這樣區域裏，才能孕育一個燦爛的文化。

天時對於戰爭之影響 2

昔楚漢之戰，項王兵敗垓下，刎頸烏江，臨沒對烏江亭長及從騎之語，皆怨昊天不佑。太史公乃謂：「羽自矜功伐，奮其私智，而不師古，謂霸王之業，欲以力征，經營天下，五年，卒亡其國，身死東城，尚不覺悟，而不自責，過矣。乃引天亡我非用兵之罪也，豈不謬哉！」云云。但按《史記·項羽本紀》及《漢書·高祖本紀》，均載睢水之役，楚兵圍漢王三匝，大風從西北起，折木發屋，揚沙石，晝晦，楚軍大亂，漢王得與數十騎遁去。則勝敗之數，雖曰人事，而天時亦常足以左右之也。氣候之足影響於戰事之勝負，揆諸中外歷史，不勝枚舉。「東風不與周郎便，銅雀春深鎖二喬」，固不特赤壁之役為然也。

在昔日科學未昌明時代，天時之重要，固已顯著。如迷霧四塞，足以使咫尺不辨兵馬；堅冰在鬚，足以使指僵膚裂，而將士不用命；積雪沒脛，則阻交通；雷電交作，則寒心膽。是在為主帥者，細審彼我兩方形勢之不同，然後隨機應變而處之。所謂可見而進，知難而退，軍之善政也。順天時則勝，逆天時則亡，雖以拿破崙之蓋世英才，然公元一八一二年，莫斯科之役，俄人堅壁清野，以待嚴冬之來，果焉十一月初旬以後，天氣驟變，風雪交加，法人棄甲曳兵而走，死亡枕藉於道，即幸而免者亦墮指落鼻，不復作人形。說者謂是役焉，拿破崙之敗，非敗於俄兵，而敗於嚴寒之神，非過語也。冰霜之足以決兩軍之勝負，在我國亦不乏其例。明初李景隆之拒燕兵也，士卒植戟立雪中，苦不得休息，故永樂謂其違犯天時，自斃其眾；唐李愬雪夜入蔡州，而擒吳元濟；梁朱珍於大雪中趨滑州，一夕而至城下，遂取之。凡此皆所以利用天時，而襲其不備也。五代劉仁恭攻契丹，每歲秋霜落，則燒其野草，契丹馬多饑死，求和聽盟約甚謹。此則又與俄人之拒拿破崙同工而異曲矣。

我國古之緯候兵書，多重望氣，其言雖穿鑿附會，但亦不乏可取者。如《觀象玩占》載「白霧四面圍城，城不可攻」，又「兩軍相當有霧，即日有微風者客勝，霧而不雨者主人勝」。蓋霧濃則不辨咫尺，不知虛實，故不利於攻。霧而有微風則霧將散，霧而不雨則其霧久也。古人賴霧以破敵，以全師者，在史冊上亦指不勝屈。如《晉書．劉曜傳》載：「曜攻石勒於金鏞……大風拔木，昏霧四塞，石勒率眾來戰，曜昏醉被執，為勒所殺。」又如《宋史．二王本紀》載「帝昺祥興二年，張世傑軍潰……會暮昏霧四塞，咫尺不辨，世傑乃與蘇劉義斷維以十餘舟奪港而去」云云。一七七六年，美洲獨立之戰，華盛頓拒英將豪（Howe）於長島。時華盛頓值新挫之餘，為英國海陸軍所圍，危在旦夕，乃於八月二十九日晚深霧瀰漫中遁去。亦有同時兩方均思借霧以破敵者，如十九世紀初葉，拿破崙封鎖北歐，使與英國斷絕交通。英人乃於一八〇九年攫取波羅的海丹屬之安和爾特島（Anholt）。一八一一年三月，丹人乘濃霧於子夜以十二炮艦，運兵千人登島，以謀攻取。及拂曉霧散後，丹兵始覺中英人之計，蓋英兵艦兩艘，亦於昏黑中潛駛來島，而丹兵已處於海陸夾攻、進退維谷之地位矣。

但天有不測風雲，天時之變幻，固有為昔人所不及料，而似若有天意存於其間者。如漢光武追敵而滹沱冰合，大風三日，而曹翰屠江州。《舊約．出埃及記》載猶太人之竄逸自埃及也，扶老攜幼，涉紅海淺處而渡。埃及軍秣馬厲兵以追之，方半渡而風向轉變，水勢驟至，埃軍幾全數覆沒矣。《舊約》雖載摩西神力通天，而實則風之力也。《元史．憲宗本紀》：「帝嘗攻欽察部，其酋八赤蠻逃於海島，帝聞，亟進師，至其地，適大風颳海水去，其淺可渡。帝喜曰：此天開道與我也，遂進屠其眾，擒八赤蠻。」一滑鐵盧之戰，拿破崙孤注一擲，亦猶項羽之於垓下也。時拿破崙軍槍炮之精，勝於威靈頓，故利在於堅實之地以行軍。交鋒前一晚，大雨傾盆；翌日雖霽，而田野泥濘，步履維艱；延至午刻，拿破崙始克發令進攻。當是時也，法兵莫不以一當百，衝鋒陷陣，鏖戰至薄暮五點，英兵已不能支，勢將潰矣，而普將白魯且之援軍至。故十九世紀法國著名文學家維克多·雨果遂謂若非一八一五年六月十七日晚間之雨，則今日之歐洲之為誰家之天下未可逆料，數點霖雨足使英雄氣短，為千古之長恨矣。天之亡我，非戰之罪，誰不云然？

　昔日之舟師，進退乘風力，破浪恃孤帆，更有賴於天時。元世祖兩次征日本，均以遇颶風而失敗。至元十八年（一二八一）之役，聲勢尤為浩大，計蒙、漢、高麗兵四萬，乘戰艦九百艘；江南軍十萬，乘戰艦三千五百艘。先後佔壹歧、平壺諸島，築肥海上，戰艦棋佈。颶風陡起，元艦多覆沒破壞。漢將范文虎等各自擇船之堅好者而遁，棄士卒十餘萬於五龍山下。歐西海戰之勝敗，決於暴風，足與此相輝映者，當推十六世紀西班牙亞美達（Spanish Armada）之覆沒。當時西班牙王菲力普二世，有氣吞英倫三島而雄霸全歐之志，於一五八八年遣西多尼公爵（Medina Sidonia）率戰艦一百三十二艘、海陸軍三萬人，裹六月之糧以北征。迨陽曆八月達北海，一旦西南風驟起，戰艦當之，莫不披靡，如掃落葉，艨艟巨舶均毀棄於蘇格蘭與愛爾蘭之海濱。計是役西班牙損巨艦七十艘，將士萬餘人，雖傷亡之巨，不及元代之征日本，而西班牙海上霸業亦盡於是矣。

元師之敗績，西軍之覆沒，關係於一國之隆替，一代之興亡者至大。若使當時已有測候所之組織，則颱風之來，可以預為之備，不致聽命於天，一敗而不可收拾也。但前車之覆，後車之鑒。氣象測候所之所以有今日，亦即受十九世紀海軍戰爭經驗之賜也。一八五三年至一八五六年，俄、土克里米亞戰役（Crimea war），英、法聯軍助土耳其攻俄，集兩國海軍於黑海。一八五四年十一月十四日，忽遇風暴，波濤獰惡，法艦亨利四世號沉於黑海北部之塞瓦斯托波爾（Sevastopol），輜重糧食盡沒海中，全軍幾將瓦解。事後知風暴中心未達聯運艦隊以前，歐洲西部已先受其影響。當時電報業已發明，故若地中海沿岸設有氣象台，則即可以電告英、法艦隊，使之為未雨之綢繆，而得以有備無患矣。厥後歐美各國設立氣象測候所，爭先恐後，俄、土之役，實為之動機也。

自十九世紀末葉以迄於今，科學日益發達，雖曰人定勝天，重洋之阻，瀚海之隔，可以飛渡；窮荒僻域，征戍者所需之軍實，可以推知。然戰具日益精，不僅限於海、陸、空軍之強弱，常可決兩國之勝負，故天時對於戰爭之影響仍不因之以稍減也。十九世紀德國名將毛奇（Von Moltke）每臨戰陣，必親測氣壓之高下、風雲之方向，日以為常。但氣象觀測之成為行軍所必需之設備，實濫觴於民國初年歐洲之戰爭，而德意志實為之首創。法、英、美各國步武後塵，相率仿效。凡各軍管轄之下，均有氣象測候所之組織，而以測候員主持其事。每日觀測自四次至八次，對於友軍則互相聯絡，由電話傳達，以備製圖與預報。對於敵軍，則天氣報告嚴守秘密，唯恐其宣洩。是以開釁之初，英、法即將大西洋與西歐之天氣停止無線電廣播，使德國氣象技術人員無以憑借以預測風雲，因此德國受挫折者，蓋屢屢焉。

近世戰術之有賴於氣象者，以飛機與炮隊為最。昔日射炮之程，遠不過十公里，中的與否，可以目睹。歐戰中炮火遙射，常達二十公里以上，非有精密之計算，則失之毫釐，差以千里。以7.5厘米之炮直射七公里外之目標，若遇每秒十米之逆風，則炮彈與目的地相左至四百米，炮愈大、射愈遠，則空氣之影響亦愈大。不特風力可以左右子彈之路徑，空氣之溫度亦須計及，高射炮直射雲霄常達五千米之高度，所受空氣密度之影響尤巨。故歐戰中測候站每隔二小時，必探測自地面至五千米高處各層空氣之溫度、密度、風向、風力，以計算所謂彈道風，而炮隊即可依據之以射擊。且炮隊之依賴天時尚不止此也。敵人炮壘之所在，可以數處同時測炮聲達到之先後，而推知之。但聲浪與空氣密度、溫度、風向、風力亦有關係，故氣象觀測可以同時覘知敵炮之所在，而謀所以破壞之也。

歐戰時飛機之為用極大，偵探敵軍陣地之形勢，炸壞對方之戰壕與炮壘，均唯飛機是賴。然乘空而行，則駕駛有賴風力。空中各層之風向不一，大抵在對流層（近地面十公里內），愈上則風力愈大，順風則行速，逆風則行緩。空中風速每小時之速度，有時可達二百五十公里，則順行與逆行相差乃至每小時五百公里。此外雲霧雷電，飛行者均視為畏途，故飛機之進退升降，均須視氣象預告以為定。至於飛艇則全賴風力以翱翔，其有賴於天氣報告者，更不待言。德國之齊柏林飛艇，英、法兩國所視為跋扈將軍而無可如何者也。一九一七年十月十九日，德軍齊柏林隊，謀大舉以侵英倫三島，於天將薄暮時，飛艇十一艘結隊西行。時西歐方在高氣壓勢力之下，月明星稀，熏風徐來，英國北海艦隊雖雄霸一世，對於德國空軍之飛渡，顧亦無如之何。此一隊飛將軍抵英後，直駛倫敦，滿擬轟炸英京，使英人於睡夢中無所措其手足。孰知天不作美，西北風驟起，雲霧充塞於地面，自子夜以迄翌晨，飛艇為風漂泊，而入法軍之戰線，因迷途而下降，有四架為法人所獲，一沉於海。是役也，實為德國空軍空前大舉，而卒所以遭失敗者，乃由德國空軍出發之初，大西洋之風暴已在醞釀，而德人未之知也。

毒氣可以為攻敵之利器，但苟為不慎，則風向轉變，不啻以己之矛、攻己之盾。故凡放毒氣時，必須方向與我方戰壕所成之角度在 45° 與 135° 之間，風速須不徐不疾，在每秒 2 米與 5 米之間。風速過疾，則毒氣四散而乏效，過緩則敵可避讓而為之備。故歐戰時德國施放毒氣之所以收效力，以其審察風向、風力於事先也。

近世海軍之戰爭，所賴於天時者尤巨。狂風巨浪無論矣，既能見度之優劣，亦可以決兩軍之勝負。如一九一四年十一月一日英、德兩國海軍在南太平洋智利海濱之戰，時屆傍晚，英艦在西，受日照而顯著；德艦在東，為霧蔽而晦冥。以是英巡洋艦兩艘覆沒，而德艦竟得以無恙，非德艦之強於英艦，乃晦明有不同也。即歐戰中最險惡之海戰，日德蘭（Jutland）之役，德艦之所以得安然返其巢穴者，亦賴煙靄為之障也。

要之，近世之戰術為科學之戰術。未有科學不興而能精於戰術者，亦未有戰術不精而能操勝算者。工欲善其事，必先利其器。戰術之有賴於化學、物理、工程諸科，更有甚於氣象。研究科學之目的，本在於求真理，而非利用厚生，況殺人盈野乎？然鄰邦既窮兵黷武以侵略我土地，蹂躪我人民，使我國疆土日蹙百里，若及今不圖，則不效田橫壯士之盡蹈東海，必淪於強暴矣。

中秋月 3

今天我所講的題目是「中秋月」。中秋是一個很有詩意的佳節。我國歷代文人、學士，每到中秋常賦詩以度佳節。杭州在宋代繁盛甲於全國。當時的仕女們每至陰曆八月十三四直至十七八日要到江邊觀潮，十五六日遊西湖賞月，這是八百年以前的事了。

何日是中秋？南宋吳自牧著《夢粱錄》說：「八月十五日中秋節，此日三秋恰半，謂之中秋，月色倍明。」從科學上來看，中秋可有兩個定義：天文學上以秋分到冬至為秋季。所以中秋應在立冬，即是陽曆十一月五日或六日。氣象學上以陽曆九月、十月、十一月為秋季，所以中秋應在陽曆十月十五日、十六日左右。這兩個日期統和陰曆八月半相距甚遠。可是西洋天文學春、夏、秋、冬四季習慣上起自春分、夏至、秋分、冬至，實在不甚合理，倒不如中國天文學向例以立春、立夏、立秋、立冬為起點之合於邏輯。若用中國天文學的方法分四季，則中秋應在秋分，和陰曆八月半相距不遠。秋分是陽曆九月二十三日。去年中秋節在秋分後六天，今年中秋節在秋分前六天。下面將要講到秋分前後月望時有一種特別可以留戀的地方，所以我主張保留中秋節。

月到中秋分外明。吳自牧《夢粱錄》說道：「中秋之夕月色倍明。」這完全是詩人文士的幻想了。這種幻想到目前報紙上還是到處可見。去年中秋節，在上海《大公報》的大公園副刊上，登載着一篇描寫中秋月的文章，大意說：「在我國各種歲令時節中，最富詩情畫意的要算中秋節了。平常的月亮夠美麗的，中秋夜的明月，尤其大而圓，集合溫柔、神秘、明媚、幽艷之大成……平日的月亮，上升很早，甚至黃昏時分已懸掛在空中。但是一年中，以中秋的月兒出來最遲，大約要到八九點鐘，才從天邊露出嬌容來，似乎在月宮中刻意打扮、精心裝飾，然後出來才和人們相見。」這一段話完全是傳統文學家的口吻，與實際事情太不符合了。

月亮究竟亮到何種程度？要曉得這一點，我們要以地球上所能看到最明亮的東西，即是太陽為標準。作個比喻，太陽在天頂時，在每平方英寸平面上有六十萬支燭光的亮度。普通用的洋油燈每平方英寸相當於四到八支燭光，洋燭每平方英寸為三到五支燭光，而月亮在天頂時，它的光度每平方英寸只有一又三分之一燭光。月亮雖可普照半個地球，但在一定面積上光度甚小，所以我們在月光下看書是模糊不清的。月亮離開天頂愈遠，它的光亦愈弱。這有兩個原因在內：一是太陽或月亮離天頂愈遠則其離地平的角度愈小，而地面上每一單位平面所受到日、月光的多少是和離地平角度的大小的正弦成正比的；二是在天頂時日月光線經地面空氣的厚度來得少，到了天邊時日月光線要到達地面，經過的空氣層要厚得多。假使在天頂時，月光到達地面所經空氣厚度當作1，那麼到月亮離開地平面30°時，所經過空氣層就要為2，到10°時就是5.5。到離地平線4°時，所經過的空氣層厚度就要達12.5。所經過的空氣層愈厚，被空氣所吸收、反射的光線亦愈多，到達地面的月光自然愈少。而中秋的月亮，除非在熱帶的地方，否則絕不會到天頂的。

古人說：「冬日可愛，夏日可畏。」最重要原因，就是冬天太陽離地平線低，而夏天離地平線高。相反地，月望時，月亮離地平線的角度是以冬至附近為最高，夏至附近為最低。滿月最亮之時，實在冬至前後（即陰曆十一月十五日左右）。「一年幾見月當頭」，這就是月當頭的時候。今年中秋月的高度，即離地平線的角度為45°57′。而陰曆十一月十五日，月亮的高度為87°45′。若是空氣一樣透明，則十一月月中的月亮一定比八月中的明亮。一年之中，每逢望月，在秋分前後，月的高度適中；夏至前後，其高度較低；冬至前後，其高度最大。這是由於黃道與赤道成23°27′的角度。當月望時，月亮與太陽位置正相對稱。太陽到冬至是高度最低的時候，而這時正是月亮最亮的時候。月亮的軌道古稱白道，它與黃道相交只有5°9′的角度，此差數甚小，這可以增減月亮的高度，但不會變更上述的原則。即從氣候上看，我國各地在仲冬的時候也比中秋前後來得明爽。以杭州為例，雲量和濕度有下列的比較。根據一九二八年至一九三三年的記錄，杭州雲量在陽曆九月為69%，十二月為65%。一九三四年至一九三五年的記錄，杭州絕對濕度，陽曆九月為16.8，十二月為8.9。

「一年明月今宵多」，這句詩也是指中秋月而言的。但是實際若以明月照地上的時間來算，一年中仍以冬至前後的月望普照地面時間為最久。好像以太陽論，夏至晝最長，冬至晝最短。滿月正與此相反。冬至前後月照時間最長，夏至最短，中秋適介乎其間。大概中秋之夕從月出到月落不過十二小時，而在北京緯度、冬至月當頭時，從月出到月落可達到十五小時之久。總之，「月到中秋分外明」這句話要改成「月到中冬分外明」才比較合乎事實。

若以月亮之大小而論，肉眼是不可靠的。《列子》卷五有這樣一段故事：「孔子東遊見兩小兒辯鬥，問其故。一兒曰：我以日始出時去人近而日中時遠也，一兒以日初出遠而日中時近也。一兒曰：日初出大如車蓋，及日中大如盤盂。此不為遠者小而近者大乎？一兒曰：日初出蒼涼及其日中如探湯，此不為近者熱而遠者涼乎？孔子不能解也。」月亮離地球距離平均233千英里。月亮在天邊時離地面要比在天頂時遠4000英里，所以無疑月亮在天邊要比在天頂時稍遠一點，直徑可差六十分之一。但是眼睛看來月亮初升時好像要大得多，這完全是一種錯覺。天文學家對於這個問題不比孔子高明，一向沒有良好的答案。有人說在天邊有房屋、山川、人物可資比較，所以見得其大；到了天頂，一輪明月懸掛空中，反覺其小。這解答未能令人滿意。因在海洋中月出時水天相連接，別無一物可資比較，亦看得大。到了近來，哈佛大學的生理學教授博林研究這種錯覺，才知道與我們視覺神經有關。凡看物體直看看得大，下看或上看看得小。假使一人橫臥在地上，就覺得天頂月亮大，天邊月亮小了。至於八月半的月亮是否比其他月份月望時大，可要看月亮繞地球在近地點還是在遠地點。月亮離地心頂遠可到257千英里，最近不過211千英里，大約為19與17之比，每27.55天為一週期。今年中秋節月亮適在遠地點，所以中秋節的月亮只會看得小，不會看得大。除非特別鍾情於中秋節的人，即所謂情人眼裏出西施，那作別論了。

中秋月何以特別受人注意？照上面講來，中秋月既非分外光明，也非特別圓大，又不照臨長久，那為甚麼受我國千餘年頂禮崇拜呢？而且懷念留戀中秋月的，不只是中國人；即使西洋人也特別看重中秋月，名之為收穫月，這其中自有一個道理。去年中秋大公園的文章說，中秋月出時姗姗來遲，有裝模作態的樣子。這不免把中秋月看得貴族化了。實際中秋月是最貧民化的，無論貴賤、貧富、雅俗均可共賞中秋月。中秋月的特點不在其出山遲，卻相反地因中秋以後的月亮出來特別早。

假使我們把今年杭州（北緯 30°）中秋前後數天月亮出山的時間和正月十五即上元節前後數天月出的時間來比較一下，就可看出中秋月的特點了。

杭州一九四八年上元節和中秋節月出時間表（地方時）[4]

上元節	正月十五日	下午 5 點 50 分
	正月十六日	下午 7 點 00 分
	正月十七日	下午 8 點 08 分
	正月十八日	下午 9 點 18 分
中秋節	八月十五日	下午 5 點 54 分

八月十六日 下午 6 點 20 分
八月十七日 下午 6 點 47 分
八月十八日 下午 7 點 13 分

從表中可以看出：上元前後晚間月亮出來，每晚相隔時間要一小時以上；而中秋前後月亮出來，每日相差只有 26.27 分鐘。從中秋到八月十八，這四天夜月上來離黃昏統不遠，這是中秋月和旁的月望時不同的一點，也是中秋月優越的一點。中秋月有這特點的原因，可以這樣解釋：在溫帶裏邊日月行到春分點時，黃道和平地相交的角度最小；而日月的赤緯天天在增加，所以日月出來每天要提早。在春分時候，每天旭日東升要比前一天早半分鐘；到中秋時月亮走近春分點，所以月亮出來的時間也要天天提早。一年中平均而論，月亮出來要延遲五十分三十二秒鐘。但是中秋前後只消延遲二十七分左右就行了。中秋時節農民開始收穫的時候，這時晝漸漸短而夜漸漸長，將近黃昏有了月亮可以幫助農民延長在田間多做幾十分鐘的工作。這於民生不無裨益，所以西洋人稱中秋月為收穫月。我們的民族向來以農立國，四時伏節如驚蟄、清明、穀雨、芒種統和農民有關。中秋月之所以被崇拜着、留戀着，想來和農民收穫有關。既沒有傳奇式的甚麼神秘，也沒有詩人所想像千呼萬喚不出來的嬌滴滴的貴婦人那麼姣態，而是有一個極平民化的來源，這就是幫助農民在黃昏時候做點手胼足胝的工作。所以中秋月是值得我們留戀，而中秋節是值得保存的。

牽牛與織女[5]

牽牛與織女為我國星座最富於神秘性者。朱文鑫氏為織女編傳，日人新城亦著有牽牛織女考，惜筆者僻處黔中，二書均不獲見。七夕乞巧之故事，首見於東漢。鄭樵《通志》引張衡云，牽牛織女七月七日相見。梁宗懍撰《荊楚歲時記》謂：「七月七日為牽牛織女聚會之夜，是夕人家婦女結彩縷、穿七孔針以乞巧。」其說殆附會詩大東而來。關於織女之傳說正不限於國人。印度原有二十八宿，後減去織女一宿改二十七宿，大概以其緯度過高、離日月所經黃道甚遠之故。但印度加爾各答大學德泰，以為二十七宿者，乃月亮之後宮，當織女星為北辰時亦在御妻之列，故成二十八。及後織女離北極較遠則又仳離，而宿之數目只二十七矣。其說類神話。《星辰考源》第494頁謂一萬六千年前，牽牛織女於冬至之子夜正相聚於天中。至現代則於陰曆七夕，牽牛織女始抵子午線上，因此薛萊格斷定中國牽牛織女兩星座故事起源於公元前一萬四千年，此亦可謂荒誕不經矣。

《史記．天官書》對於牽牛織女亦只云：「牽牛為犧牲，其北河鼓。河鼓大星上將，左右左右將。婺女其北織女，織女天女孫也。」按之星圖則其方向與現時已大不相同，現時織女赤經已在河鼓之西。但五千五百年前，因歲差之故，河鼓與織女實在同一子午線上。唯如此方與《天官書》所述者相合。但《天官書》中所述方向不甚精確，且有錯誤。如云「杵臼四星在危南」，而今圖均在危北。又曰「南斗為廟，其北建星」，斗建與河鼓織女之赤經相去不遠，何以不受歲差之影響？但牽牛、織女位置之變遷，影響及於牛、女二宿次序之先後，古人當不致如此憒憒，而將其先後倒置也。且古人心目中織女、牽牛位置之與今不同，更可由《甘石星經》所載織女附近星座之方位證實之。新城新藏依《甘石星經》所載一百二十個恆星距極度數，而斷定《甘石星經》之年代為公元前三百年。但星經中所述方位，或來自古代之傳說，未必與距極度同時測定也。孫星衍《天官書補目》引《甘石星經》謂「漸台四星屬織女東足」，又「輦道四星屬織女西足」，其東、西兩字應互易。隋丹元子《步天歌》「漸台四星似口形，輦道東足連五丁」云，但以目前天象視之則輦道應稱北足，而漸台應稱南足，其方位之更易正與織女、牽牛相似。

北斗九星[6]

我國自古以北斗為極重要之星座。《天官書》曰：「斗為帝車，運於中央，臨制四鄉，分陰陽，建四時，均五行，移節度，定諸紀，皆系於斗。」二千年前在黃河流域，北斗七星終年在地平線上，常明不隱，自足引起深刻之注意。但我國古代曾有北斗九星之說，梁劉昭註《後漢書》卷二十《天文志》有云：「璿璣者謂北極星也，玉衡者謂斗九星也。」其言出自《星經》。《黃帝素問．靈樞經》有「九星懸朗，七曜周旋」之語，唐王冰註：「上古九星懸朗，五運齊宣，中古標星藏匿，故計星之見者七焉。」孫星衍以為九星者，即現有北斗七星外加招搖、大角。《淮南子》卷五《時則訓》：「孟春之月，招搖指寅，昏參中，旦尾中。仲春之月，招搖指卯昏弧中，旦建中……季冬之月，招搖指丑，昏婁中，旦氐中。」招搖離目前之北極 51° 左右，離西漢初北極亦 40°。不特非現時終年所得見，即二千年以前，在黃河流域亦非常明不隱之星也。南宋王應麟引《春秋運斗樞》云：「北斗七星第一天樞，第二旋，第三機，第四權，第五衡，第六開陽，第七搖光，搖光即招搖也。」按《天官書》：「杓端二星，一內為矛招搖，一外為盾天鋒。」招搖如為杓之一部，則天鋒亦應屬杓。《晉書．天文志》：「梗河三星在角北，招搖一星在其北，玄戈一星在招搖北。」《甘石星經》：「招搖在梗河北，入氐二度，去北辰四十一度。」是則招搖非搖光明矣，北斗杓三星玉衡、開陽、搖光相距自5°至7°而自搖光至玄戈，自玄戈至招搖亦各六七度。星之光度，玄戈稍弱為四等星，招搖足與七星中天權相比，故玄戈、招搖殆為北斗最後兩星。距今三千六百年以迄六千年前包括右樞為北極星時代在內，在黃河流域之緯度，此北斗九星，可以常見不隱，終年照耀於地平線上。

說雲 7

雲是極普遍而日常所習見之物，其載見於古史經集者，如《詩經．小雅》云「上天形雲」，《易經》云「雲從龍」等等，其後望氣者流，恃為占卜國家休咎兵事勝負之具，即史書所述如《晉書．天文志》所載「韓雲如布」、「趙雲如牛」、「越雲如龍」、「蜀雲如菌」等，亦係一知半解之言。唯朱晦庵氏言雲之成因，「雲乃是濕氣之密且結者也，地上水汽，被日曝暖，衝至空際中域，一遇本域之寒，即棄所帶之熱，而反元冷之情，因漸湊密，終結成雲」，其見解甚近科學原理。至歐美各邦，其以科學方術測究雲者，亦不過近百五十年事。至於今日，凡雲之組織、成因、高度以及厚薄等，吾人已知其大概，茲分為四段述之如下：(1)雲之組織及成因；(2)雲之類別；(3)雲與雨之關係；(4)雲之美。

(1)雲之組織及成因。雲為無數至微之水點集合而成，唯世之能足登峻巔，身駕飛機，入騰雲中，以實探雲之真形者至稀。霧，經見者也，霧與雲名異而實同，懸於空際為雲，迫近地面即為霧也，其成因蓋由空中水汽之容量，有固定限制，過之則餘剩而結成水點或冰點，所謂飽和點或露點是也。空中含水之量，隨其溫度之高低，以增減其定量，設空中水汽驟增，或溫度降低，皆足以使水汽餘剩而凝成雲霧之點，至雲霧之點，體積至微，非目之所能睹及，現經氣象學家威爾斯測得每一立方英寸以內，霧點之含數量，輕霧凡千餘粒，而重霧之際，自兩萬以達百萬粒以上不等，其每粒所含水份亦至寡，長十五尺、廣十二尺、高一丈之屋中，設霧點充滿其內，若集合其所含水量，不盈一大酒樽，可仰口而噈也。然霧點之粒數，已達六千萬萬矣。設霧點二千五百粒橫列之，其長度僅得一寸焉。水之成雲霧點者，每點必具中心核，核質為微塵，大率為海中之鹽類，或煤氣之煙屑，而非空中飛揚之沙土也。雨水雖含有煤屑與鹽粒，但仍不失為天然水中之最潔淨者，蓋其所含之微塵，僅至稀之量耳。雲點翺翔空際，雖至極低之溫度，達冰點下 20℃，可不凝結為冰，其所以能存於冰點溫度以下之空氣中，尚不凝凍者，亦賴其含有鹽粒有以致之也。

(2) 雲之類別。我國昔日未嘗有雲之分類，至若「越雲如龍」、「蜀雲如菌」等語，不足確定雲類者也。泰西之最初分定雲類者，始於十九世紀初葉，英人霍華德劃雲類為四。今之在國際間所共認者有十類；更欲詳細別之，則所計不下百類矣。然大別之，可劃成三類：卷雲、積雲、層雲是也。卷雲極細極薄，若薄幕，若馬尾，或若絲之纖維，蓋皆由冰針所集成者也，每現之於風暴之先。昔《開元占經》云，「雲如亂穰，大風將至」，即謂此也。時而卷雲相集成片，似張帷蒼穹，皓月與星光遇之，呈毛毛狀，曰卷層雲。諺云「月光生毛，大水推濠」，蓋亦霖雨之徵候也。

時而卷雲分裂如小塊狀，成卷積雲。若瑪瑙之皺紋，海面之波濤，或魚鱗之斑點，為雲容中之最美觀者，亦可作天候之預兆，有諺云「魚鱗天，不雨也風顛」者是也。積雲多見於日中，夏日尤甚，有如重樓疊閣者，有如菌傘凌虛者，又如群峰環列者，諺云「夏日多奇峰」，即謂此也。積雲雖為晴天現象，但堆積過甚，易成雷雨，蘇東坡詩有「炮車雲起風暴作」句，所謂炮車雲者，即雷雨雲也。層雲作片狀，近地者即謂之霧，現於朝暮之際，冬日較多，但鮮有降雨者，登高山見雲海，殆皆是類雲也。高度以卷雲為最，常浮於七八公里至十公里間，積雲與層雲均屬低雲。積雲高普通在一二公里間，層雲低則近地面，高亦不過兩公里，唯積雲之厚者，其巔可高達七八公里以上也。厚度以積雲為最，自數千英尺以達數萬英尺，卷雲層雲，不過數百尺，亦皆非均等者也。

(3) 雲與雨之關係。雲之於雨，其分別在於水點之大小，所以一則浮游空際，一則降落地面耳。雲既為水點所集成，其能成雨，固無足奇者。唯物體之居於空中也，較空氣重者必下墜，水之重於空氣者達八百倍，今大塊浮雲，游存於空中者何也？其故不外雲點體積至微，每六分之一英寸直徑之雨點，可分成雲點凡八百萬粒，且空氣具阻力，今雨點重量之增加，與雨點直徑三次方成比例；而空氣阻力，與雨點直徑二次方成比例數，故雨點愈小，下降率亦愈小也。雲點之下降率每分鐘僅八尺之距，空氣有甚微之上升，已足阻其下降；若空氣為下降，則熱度增高，雲點為其蒸發消滅矣。雲點既若是之微，其成雨之故，昔朱晦庵氏已有了然之解釋，《朱子語類》載，蓋雨落時多細微，雨點彼此相沾，若下之路遠，則相沾之數更多而重大，故山頂比山根之雨微小，又冬月比夏月之雨微小，因夏雲高也云云。今之論者，以上升氣流經過雲層，所含塵埃被雲層吸取其一部，所剩塵埃既少，則其所成之雲點，自屬較大；雲點既大，下降率亦隨之增多，又與所遇之雲點相合，體積益大，卒達地面而成雨矣。至霖雨之所以能繼續數小時或數日者，乃由他方氣流源源接濟不絕上騰所致也。全地球所受雨水之量，亦足駭人聽聞，蓋每一秒鐘，平均竟達一千六百萬噸也，然亢旱之象，地面上仍所不免。昔人有云，「如大旱之望雲霓」，就表示農夫望雨之殷且切。我國北方，雨量多屬缺乏，終年望雨望雲之意其殷，若濟南、北平等處，習見門聯有「天錢雨至，地寶雲生」云。此言自北方人視之，固屬司空見慣；若多雨量區域之南方人視之，不免指為觸目之談也。唯雲雨之於人生，果屬至需，苟雲量過多，亦殊不宜，蓋統計全世界平均雲量，為 30% 至 40% 之間，日光為其遮蔽達 32%。凡川、雲、貴等地，常感雲量過多，有「天無三日晴」、「蜀犬吠日」之諺。近國立中央研究院氣象研究所，派員在峨眉山頂司測候，在平地所謂天高氣爽十月之際，其所得全月之日光，不足四十小時，於衛生亦甚屬不適者也。

(4) 雲之美。我國於雲之科學探究，往昔誠感闕如，至若雲之美觀，固已得明切之認識者久矣，溯自《竹書紀年》之《卿雲歌》，「卿雲爛兮，糾縵縵兮」，以迨晉、唐、宋、明諸代之謳頌，近之若譚組安《觀雲樓詩》、章行嚴集《題看雲樓覓句圖》等，靡不談雲之美，尤以陸士衡（陸機）之《白雲賦》、《浮雲賦》為最，能表白雲之美麗，文辭既屬綺麗，而於雲之形形色色，描來窮極變態，雖乏科學觀念，但於雲之美，可謂形容盡致矣。昔希臘哲學家柏拉圖謂人之五官感覺，唯嗅覺為純，以非為欲之所驅者也；他若口之於味，飲食所以饜饑，嗜之過甚則謂饕餮；耳之於聲，所以悅聽，嗜之若周郎，則謂戲迷也；至美色之於人也，諺云「情人眼裏出西施」，常有主觀雜於其間，非全為客觀美也。若照柏拉圖之見解，吾人亦可說地球上之純粹美麗也者，唯雲霧而已。他若禽鳥花卉之美者，人欲得而飼養之、栽培之，甚至欲懸之於衣襟，囚之於樊籠。山水之美者，人欲建屋其中而享受之；玉石之美者，人欲價購以儲之；若西施、王嬙之美，人則欲得之以藏嬌於金屋，此人之好貨好色之性使然耳。至於雲霧之美者，人鮮欲據之為己有。昔南朝秣陵人陶弘景者，齊高祖梁武帝之所威敬者也，隱於句容之句曲山，時以「山中宰相」稱之，其答齊高祖詢「山中何所有」一書，有詩曰「山中何所有，嶺上多白雲；只可自怡悅，不堪持贈君」之句，言雲之超然美，洵為至切之談。其後蘇東坡由山中返，途遇白雲，若萬馬奔馳而來，遂啟籠掇之以歸，詠賦以記之，但歸家籠子打開，雲即飛散，雲之終不得為人之所有也明矣。且雲霞之美，無論貧富智愚賢不肖，均可賞覽，地無分南北，時無論冬夏，舉目四望，常可見似曾相識之白雲，冉冉而來，其形其色，豈特早暮不同，抑且頃刻千變，其來也不需一文之值，其去也雖萬金之巨、帝旨之嚴，莫能稍留。登高山望雲海，使人心曠神怡；讀古人遊記，如明王鳳洲《遊泰山記》、敖英《峨眉山記》、王思任《廬山雲海記》，無不嘆雲殆仙景，畢生所未寓目，辭墨所不足形容，則雲又豈特美麗而已。

蘇東坡舶棹風詩之是否合乎事實[8]

古之所謂舶棹風即今之所謂東南季風，即如上述。但東南季風為自南海中挈載雨澤來中國之工具，而舶棹風古人均以為主旱，二者似相背謬其理固安在乎？明陶宗儀編《説郛》引漢崔實《農家諺》有「舶棹風雲起，旱魃深歡喜」之句。（徐光啟）《農政全書》謂：「東南風及成塊白雲，起至半月，舶棹風，主水退，兼旱。無南風則無舶棹風，水卒不能退。」[9] 均與蘇東坡「三時已斷黃梅雨，萬里初來舶棹風」之詩相合。明謝在杭《五雜俎》[10] 云：「江南每歲三四月苦霪雨不止，百物霉腐，俗謂之梅雨，蓋當梅子青黃時。自徐淮而北則春夏常旱，至六七月之交愁霖雨不止，物始霉焉。」《玉芝堂談薈》謂：「芒後逢壬立梅，至後逢壬斷梅。」《農政全書》所引梅雨之期與《玉芝堂談薈》相合，又謂夏至「後半月為三時，頭時三日，中時五日，末時七日」。東坡謂「三時已斷黃梅雨」，則夏至後半月始斷梅，與《五雜俎》及《玉芝堂談薈》所引微有不合。但梅雨之遲早因地域之不同而異。據近時記載，我國長江下游自漢口、九江以達南京、上海，平均於六月十日即芒種後三四日入梅，七月十日即小暑後三四日出梅。自長沙、岳州、溫州以南則入梅與出梅之期均較早。東坡所詠係吳中梅雨，其斷梅之期與現時所實測者乃相吻合也。

陽曆七月五日至九日可稱小暑一候，十日至十四日可稱小暑二候。寧、滬各地斷梅在於小暑一候與二候之間，出梅以後雨量與濕度驟形低落，平均溫度激增 2℃，風速驟加每小時四公里，足知東坡所謂「吳中梅雨既過，颯然清風彌旬」，又信而有徵焉。

在長江流域東南季風於四月間已見其端倪，但至七月初黃梅以後而鼎盛。加以梅雨期中，風速較微，出梅以後，風速頓增，此所以梅雨後之東南季風，為古人所注目，而特加以舶棹風之名也。

且據近來寧、滬兩地之觀測，舶棹風之主水退亦合乎事實。上海七月間東南風盛行，其影響於天氣實非淺顯。凡七月間，東南風甚競則荒旱，東南風衰頹則雨量豐盛，揆諸過去五十年之記錄而不爽。

柳條能漏洩春光 11

杜甫《臘日》詩：「臘日常年暖尚遙，今年臘日凍全消。侵陵雪色還萱草，漏洩春光有柳條。」蘇軾《惠崇春江曉景》詩：「竹外桃花三兩枝，春江水暖鴨先知。蔞蒿滿地蘆芽短，正是河豚欲上時。」柳條能漏洩春光，鴨能先知江水暖，這統是表明物候推移是有內在因素起了作用。唐、宋詩人之所以能有如此直覺的感性認識，也是由於他們審察事物之周密而勤快。詩人如陸游，他的晚年從五十歲到八十多歲在浙江紹興家鄉，夙興夜寐，幾乎無時無刻不留心物候。在《枕上作》詩裏：「臥聽百舌語簾櫳，已是新春不是冬……」又在《夜歸》詩裏：「今年寒到江鄉早，未及中秋見雁飛。八十老翁頑似鐵，三更風雨採菱歸。」可見唐、宋詩人之能體會動、植物物候推移的本質，絕不是偶然的。

俗語說道：「蒲柳之質，望秋先隕。」意思雖是比喻薄弱的東西容易摧折，但卻說明了一個真理，即是許多樹木像水楊類，當寒冷天氣未到以前，老早就已蕭蕭落葉了。植物之能「未雨綢繆」，嚴冬未臨，早做準備，不僅限於水楊類，而是很普遍的。因為植物既不能走動，而內部又無調整溫度的機制，所以必須有抗禦嚴冬的準備，一般闊葉樹在夏末秋初的時候，初葉的葉端不再生長葉子，而成為芽鱗，使枝葉的生長點受到保護，不致受嚴冬的損害。一到春天，這芽鱗又能重新再長枝葉。在初春未來之前，芽苞、花蕾已躍躍欲試。

唐、宋大詩人詩中的物候[12]

我國古代相傳有兩句詩說道：「花如解語應多事，石不能言最可人。」但從現在看來，石頭和花卉雖沒有聲音的語言，卻有它們自己的一套結構組織來表達它們的本質。自然科學家的任務就在於了解這種本質，使石頭和花卉能說出宇宙的秘密。而且到現在，自然科學家已經成功地做了不少工作。以石頭而論，譬如化學家以同位素的方法，使石頭説出自己的年齡；地球物理學家以地震波的方法，使岩石能表白自己離開地球表面的深度；地質學家和古生物學家以地層學的方法，初步地摸清了地球表面即地殼裏三四十億年以來的石頭歷史。何況花卉是有生命的東西，它的語言更生動、更活潑。像上面所講，賈思勰在《齊民要術》裏所指出的那樣，杏花開了，好像它傳語農民趕快耕土；桃花開了，好像它暗示農民趕快種穀子；春末夏初布穀鳥來了，我們農民知道牠講的是甚麼話：「阿公阿婆，割麥插禾。」[13] 從這一角度看來，花香鳥語統是大自然的語言，重要的是我們要能體會這種暗示，明白這種傳語，來理解大自然、改造大自然。

我國唐、宋的若干大詩人，一方面關心民生疾苦，搜集了各地方大量的竹枝詞、民歌；一方面又熱愛大自然，善能領會鳥語花香的暗示，模擬這種民歌、竹枝詞，寫成詩句。其中許多詩句，因為含有至理名言，傳下來一直到如今，還是被人稱道不止。明末的學者黃宗羲説：「詩人萃天地之清氣，以月、露、風、雲、花、鳥為其性情，其景與意不可分也。月、露、風、雲、花、鳥之在天地間，俄頃滅沒，而詩人能結之不散。常人未嘗不有月、露、風、雲、花、鳥之詠，非其性情，極雕繪而不能親也。」[14] 換言之，月、露、風、雲、花、鳥乃是大自然的一種語言，從這種語言可以了解到大自然的本質，即自然規律，而大詩人能掌握這類語言的含義，所以能寫成詩歌而傳之後世。物候就是談一年中月、露、風、雲、花、鳥推移變遷的過程，對於物候的歌詠，唐、宋大詩人是有成就的。

唐白居易（樂天）十幾歲時，曾經寫過一首詠芳草（《賦得古原草送別》）的詩：「離離原上草，一歲一枯榮。野火燒不盡，春風吹又生……」詩人顧況看到這首詩，大為賞識。一經顧況的宣傳，這首詩便被傳誦開來。[15] 這四句五言律詩，指出了物候學上兩個重要規律：第一是芳草的榮枯，有一年一度的循環；第二是這循環是隨氣候為轉移的，春風一到，芳草就甦醒了。

在溫帶的人們，經過一個寒冬以後，就希望春天的到來。但是，春天來臨的指標是甚麼呢？這在許多唐、宋人的詩中我們可找到答案的。李白（太白）詩：「東風已綠瀛州草，紫殿紅樓覺春好。」[16] 王安石（介甫）晚年住在江寧，有詩句云：「春風又綠江南岸，明月何時照我還。」據宋洪邁《容齋續筆》中指出：王安石寫這首詩時，原作「春風又到江南岸」，經推敲後，認為「到」字不合意，改了幾次才下了「綠」字。李白、王安石他們在詩中統用綠字來象徵春天的到來，到如今，在物候學上，花木抽青也還是春天重要指標之一。王安石這句詩的妙處，還在於能說明物候是有區域性的。若把這首詩哼成「春風又綠河南岸」，就很不恰當了。因為在大河以南開封、洛陽一帶，春風帶來的徵象，黃沙比綠葉更有代表性，所以李白《扶風豪士歌》便有「洛陽三月飛胡沙」之句。雖則句中「胡沙」是暗指安史之亂，但河南春天風沙之大也是事實。

樹木抽青是初春很重要的指標，這是肯定的。但是，各種樹木抽青的時間不同，哪種樹木的抽青才能算是初春指標呢？從唐、宋詩人的吟詠看來，楊柳要算是最受重視的了。楊柳抽青之所以被選為初春的代表，並非偶然之事。第一，因為柳樹抽青早；第二，因為它分佈區域很廣，南從五嶺，北至關外，到處都有。它既不怕風沙，也不嫌低窪。唐李益《臨滹沱見蕃使列名》詩：「漠南春色到滹沱，碧柳青青塞馬多。」劉禹錫在四川作《竹枝詞》云：「江上朱樓新雨晴，瀼西春水縠文生。橋東橋西好楊柳，人來人去唱歌行。」足見從漠南到蜀東，人人皆以綠柳為春天的標誌。王之渙著《出塞》絕句有「羌笛何須怨楊柳，春風不度玉門關」之句。這句寓意詩是說塞外只能從笛聲中聽到折楊柳的曲子。但在今日新疆維吾爾自治區，無論天山南北，隨處均有楊柳。所以毛澤東同志《送瘟神》詩中就說「春風楊柳萬千條，六億神州盡舜堯」，如今春風楊柳不限於玉門關以內了。

唐、宋詩人對於候鳥，也給以極大注意。他們初春留心的是燕子，暮春、初夏注意的在西南是杜鵑，在華北、華東是布穀。如杜甫（子美）晚年入川，對於杜鵑鳥的分佈，在（《杜鵑》）詩中說得很清楚：「西川有杜鵑，東川無杜鵑，涪萬無杜鵑，雲安有杜鵑。我昔遊錦城，結廬錦水邊，有竹一頃餘，喬木上參天。杜鵑暮春至，哀哀叫其間……」[17]

南宋詩人陸游（放翁），在七十六歲時作《初冬》詩：「平生詩句領流光，絕愛初冬萬瓦霜。楓葉欲殘看愈好，梅花未動意先香……」[18] 這證明陸游是留心物候的。他不但留心物候，還用以預告農時，如《鳥啼》詩可以說明這一點：「野人無曆日，鳥啼知四時。二月聞子規，春耕不可遲；三月聞黃鸝，幼婦憫蠶饑；四月鳴布穀，家家蠶上簇；五月鳴雅舅，苗稚憂草茂……」像陸游可稱為能懂得大自然語言的一個詩人。

我們從唐、宋詩人所吟詠的物候，也可以看出物候是因地而異、因時而異的。

換言之，物候在我國南方與北方不同，東部與西部不同，山地與平原不同，而且古代與今日不同。為了了解我國南北、東西、高下、地點不同，古今時間不同而有物候的差異，必須與世界其他地區同時討論，方能收相得益彰之效。因此，得先談談世界各國物候學的發展。

天氣和人生 19

天氣這個題目，是人人日常所談到的。在人們相見的時候，開始就道寒暄，寒暄就是溫度的冷暖；講敘說話，叫做談天，談天就是談談天氣；作詩的人離不開風月，如陸放翁詩裏面每四首詩當中，總有一首講天氣的。天氣這個題目在我們談吐之中佔這樣重要地位，這是甚麼緣故呢？就是因為天氣和人類生活關係極其密切，差不多一刻都不能離。最切近生活的像衣、食、住、行四件事，沒有一件事是不受到天氣影響的。現在就把這四件事來分別說一說。

衣　衣服的功用，就是可以使人們去抵抗那不適宜的天氣。因為人類的體溫是要能夠維持在一定平面上的——平均在華氏表 98.6 度或攝氏表 37.0 度，若是溫度太高或太低，對於身體統是不利的。但是人類並不像禽獸有自然的毛皮來保護體溫，所以若是沒有衣服的話，在溫帶或是寒帶裏，人類簡直是無法生存的。據人種學家的學理，也說人類最初是發源在熱帶地方，到了衣服發明以後，才能向着溫帶、寒帶地方發展去的呢。據德國魯伯衛醫生的研究，人身上着了普通衣服而後，可以減少發散熱量的47%。所以人們雖是生活在寒帶裏着了衣服的肉體環境，恍如在熱帶裏溫度33°（攝氏）這種地方。就是世界上各地方衣服的不同，雖然一部份原因是隨着歷史的進化，但是最重要的原因，還是在於要適應天氣環境。譬如中國服裝和歐洲的服裝就大不相同，中國衣服是富於彈性，在夏天穿着夏布衣服，冬天穿着狐裘毛褂，而且重裘疊襖，有時甚至可以加到七八件衣服；歐洲人衣服沒有多少伸縮的餘地，他們一年四季所差的不過是一件外套。這就是因為歐洲的天氣是海洋性氣候，冬夏溫度相差並不過大；我們中國的天氣是大陸性氣候，冬夏溫度就大不相同，所以西裝在中國實在只宜於春秋兩季。可是在長江同黃河流域的春秋季候很短，如此看來，西裝衣服在中國是並不十分相宜的。就是在美國的東部，也是同樣的不相宜。至於西裝和中裝形式的不同，中裝是斜襟的，西裝是直襟的，這也多少與天氣有點關係。在地中海和西歐地方，冬季以西南風居多，並不過冷；在我國冬季多西北風，就需要斜襟衣服，才能抵禦那寒冷的西北風呢。雨量分佈的多寡，也能影響到人類的衣着。在我國北方，如濟南和北平地方的洋車夫，無論如何的窮困，統是着鞋襪的；在長江流域多雨量的地方，洋車夫因為着了鞋襪，容易潮濕，就赤足着草鞋，反而在衛生上是比較好些。到了雨量更多的南洋地方，溫度很高的環境裏，普通人都不着襪子，只有病人才着襪子呢。

食　五穀牲畜的分佈，都是隨着氣候而定的，所以人們吃的東西，不能不靠天氣，南方人食米，北方人食麥，這是個很明白的例子。而且在溫度高的熱天時候，我們所需要的養料，尤其是產生熱量的食物像脂肪和糖之類，比冬天要少得多。佛教是發源在熱帶裏的印度地方，所以十分地要主張素食了。

住　營造居室，也是人類生活上防禦抵抗天氣的一種方法。在英國人起初到美洲去殖民的時候，因為北美洲東方天氣的惡劣，失敗過好幾次。第一次成功，在一六二〇年有一百零二個信奉清教的人乘了五月花號船到達新英格蘭的普利茅斯地方，但是因為衣服的缺少和房屋的不適宜，才過第一個冬季，這一百零二個篳路藍縷的人竟死了一半，可知房屋的建築必須適應一個地方的天氣。在北方寒冷地方的窗壁屋面造得非常緊密，以避寒風的侵入，我們只要比較北平和南京房屋的屋面，就曉得北方的屋面要比南方的緊密得多。多雪的地方像歐洲西部，他們的屋頂角度都是極大的，使雪可以不堆積在上面，才不至於壓壞房屋。我國冬季少雪，所以屋頂角度都是不過30°。建築房屋，我們都喜歡門窗朝南，這裏面也有兩層與天氣有關的原因，一則因為南向朝陽比較衛生，二則夏天多南風、冬天多北風所以南向，房屋既可以在夏天得到需要的流通空氣，在冬天又可以避去寒風的侵襲。但是這種原因一到熱帶地方就不再存在，一到南半球，所有的房屋就應該北向了。天冷的地方如格陵蘭的愛斯基摩人，他們用雪造房子，用冰當窗戶。天熱的地方如波斯德黑蘭，每個房子統有地窟，一到夏天炎日可畏的時候，人們就蟄居地窟中過生活。日本西部冬天多雪，街道上積雪高過於人，可以使交通斷絕。所以他們房子的屋檐，統統凸露出在街面上好幾尺，以便冬天雪多的時候，行人可以在屋檐下來往。甚至於我們家庭所撰貼的門聯，也和氣候有關，譬如在北方一帶，有種很普通的門聯寫着「天錢雨至，地寶雲生」，像這種句調，在南方人看來極是觸目生奇的，這就可以表示在黃河流域一帶，雨量稀少，而人人都有如大旱之望雲霓的感想。

行　我國南人行船、北人騎馬，南方多運河、北方到處康莊大道，這無非因為南方多雨、北方乾燥的緣故。在普通送別的時候，我們總是祝望着旅行的人能「一路順風」，單就長江上下游而論，帆船的數目何止萬千，一年中所用的風力總要抵到煙煤數萬至數十萬噸呢，這也可見風與行旅的關係了。西洋人在輪船未發明以前，船隻的行駛也全靠風力，他們在大洋中行船最怕到赤道附近的無風帶，因為無風帶是要耽擱路程日期的。在東亞季風帶內，夏天吹東南風，冬天吹西北風，所以在兩晉、唐、宋、元、明的時候，中國要和印度、波斯、阿拉伯等處來往，去的時候，必在冬天；回來的時候，要在夏天，才可以得到順風。在晉朝安帝時候，有位法顯和尚，他自從長安出發到中印度，在他回國的行程中，他到爪哇正在十二月中，東北季風盛行的時候因為沒有順風，所以他就停留了五個月，等到四月間有了西南季風才回國。就是哥倫布出發往美洲，也是靠着風力，因為他在信風帶裏有東北風吹向美洲，若是他在北大西洋遇到西風，那就要比較的困難了。即是現代的飛機來往，也是要依賴風力的，所以在飛機上升以前，先要問明氣象台，在哪一層的氣流才是順風，隨即飛着到甚麼高度。在溫帶裏面，西風比東風多，所以環繞全球或是飛渡大洋的人，總是從西向東的多，因為從東向西就要遇着逆風了。第一次飛渡太平洋成功的是美國人潘伯恩和赫恩登，他們先飛渡大西洋，經過莫斯科、柏林、西伯利亞到日本，在一九三一年十月三日才從東京出發經過四十一小時三十一分鐘的時間，飛渡四千四百五十八英里的路程，回到美國的西岸。這樣繞大圈子來飛渡太平洋，也無非要避掉逆風罷了。以上所講，單就天氣和衣、食、住、行四項的影響而論。其實天氣對於一個民族的哲學、文藝、美術和國民性，也統有關係。今天因為限於時間只好從略了。

氣候和衣、食、住[20]

氣候和人生關係之密切，從衣、食、住各方面都可以看出來。先說衣罷，俗語有句話，叫「急脱急着，勝如服藥」。這就表示我們穿衣裳之厚薄多少，隨天氣而定。所謂夏葛冬裘，依季節而變換，這是很明白的。以鞋襪而論，山東、平、津一帶的苦力，如東洋車夫，統是着鞋襪的。一到長江流域，一般苦力就赤雙足、着草鞋。因為長江流域雨量多，到處是水田，普通苦力穿了鞋襪是行不通的。在北洋軍閥時代，一般北方兵士到長江一帶來，對於穿草鞋的習慣引為一樁苦事。到了兩廣一帶，雨水更多，草鞋一浸水就不易乾，一變而通行木屐。赤了足穿木屐，在多雨而悶熱的嶺南，是很適於環境。可惜現在有錢的人多穿皮鞋，皮鞋極不通風，在兩廣遂流行一種足趾濕氣病，這類病為歐美所無，西醫無以名之，遂名之曰香港足。這就表示用夏變夷，若不適應環境，是會出毛病的。

人們的飲食受氣候的影響也很大。我國南人食米，北人食麥，是最顯著的一個例子。在關內人煙稠密，草萊多闢為田疇，農耕是最重要的職業，即使間或有畜牧牛、羊的，亦不過當作一種副產品。牛、羊之數既少，牛奶、羊奶就不被人所重視。但是到了蒙古，情形就大不相同了。因為蒙古雨量稀少，根本就不適於農耕，唯有草類尚能生長，可以作遊牧之用。從周、秦、兩漢以來，匈奴、突厥、回紇，以至於今日的蒙古人，統依賴牛、羊為生。乳酪遂成為日常的重要食品了。一個民族的吃葷和吃素，亦和氣候有關。以大概而論，熱帶之人食素，寒帶之人食葷。潮濕地帶人民食素，乾燥地帶人民食葷。在熱帶果木繁殖、穀類叢生，而家畜如牛、羊之類，反因蚊蚋眾多，不易豢養。椰子、香蕉是熱帶土人最普遍的食品。在寒帶則五穀、蔬菜不能滋生，但馴鹿可以生長於冰天雪地之中，其肉可以充饑腸，奶可以作飲料。兩極附近富於魚類，北冰洋中之愛斯基摩人，全靠捕魚和海豹來維持生活。寒帶裏面居民之所以吃葷，和熱帶裏面人民之所以吃素，一樣是受氣候的限制。佛教徒以不殺生為戒，這在印度、日本和我國長江、黃河流域的和尚，尚易辦到。但到了海拔四千米，五穀、蔬菜不能豐登的青藏高原上，問題就不同了。西藏的喇嘛，迫於環境，勢非茹葷不可。

住的問題和氣候關係更為密切。住宅的第一目的，就是要蔽風雨。我國北方風沙大，北平一帶屋頂上瓦溝和屋檐的封固，要比南方緊密些。北平比較考究的房子，就有兩重窗戶。北方雨水少，許多平民住宅，屋頂全是平的，這在多雨水的地方，不但要引起屋漏，而且冬天大雪之後，可以把房子壓倒的。歐美各國，凡是多雪之地，屋頂統尖削作金字塔式，使冰雪不至於堆積在屋上。日本西北部冬季，西北風來自日本海，所以雨雪霏霏，街道上積雪可以深至七八尺。大街上兩旁人家的屋檐，伸出牆外至四五尺之多，使人行道不至於為雪所封蔽。我國自廈門以南，凡大城如香港、梧州等，街上的人行道上統造有走廊，一以避風雨，二以避炎熱可畏的日光。講到日光，依照現代科學上的研究，於人生有無限的利益。不但可殺微菌、增健康，而且可以療治軟骨症、肺癆等等。歐美現代建築的式樣，很受這理論的影響，普通作鳥籠式，面面皆窗，使陽光隨處可以射入。這類新式建築，在國內也慢慢地盛行了。可是在中國氣候狀況之下，這類建築是很不合時宜的。因為西歐諸國，緯度已高，兼之氣候溫和，所以一年中並無夏天。沿地中海各國和美國的大部份，雖有夏季而並不長。歐洲英、德、法諸國，大多數時間雲霧蔽天。以英國而論，一年當中每天平均照到太陽光的時間，在牛津不過四小時，愛丁堡只有三小時。我國的緯度低、夏季長，黃河流域夏季已有三個月之久，到了長江下游就有五個月，到了華南增至八個月。而且每天照到太陽光的時間，要比英、法、德各國長得多，北平每天平均七小時有餘，南京每天六小時不足。所以英、法、德諸國患陽光太少，而我國大部，尤其是在夏天患陽光太多。一到夏季，南京各處的新式洋房便都搭上一個蘆席棚，新式洋房牆上多開窗戶，原是要想多吸收太陽光，但是外面遮一層蘆席棚，是不准陽光進去，既不經濟又不雅觀。實際以我國夏季之長、日光之強，三十年前所流行有走廊的洋房，還比現代鳥籠式的建築為適用。當然從美術眼光看來，復古是不可能的。但適用而兼美觀的式樣，只要努力去設計，一定可成功的。歐西式的房子，尚有一點不適宜於我國的，歐洲有冬無夏，為節省煤力、電力起見，所以住屋宜矮小；我國長江以南，夏長冬短，故房間宜高大而寬敞。都市的設計，亦和氣候有關。歐美緯度高，終年以西風為多，住宅宜設於城之西部，以避免工廠之煤煙，及人煙稠密地點之惡濁空氣。大城如倫敦、紐約，城之西部，統是豪家的住宅，而東部則為工廠區域或貧民窟。

氣候與衛生 21

各種哺乳動物中，皮毛要算人類最稀了，若使不穿衣服，人類很難得在溫帶和寒帶中生活着。因此有人相信，人類之起源必在熱帶。自從人類發明了衣服以後，人為的環境可以抵抗氣候，人類的足跡遂遍於全世界。據盧伯納（Rubnor）醫生的研究，人穿了衣服以後，無論外界如何寒冷，人的肉體彷彿在 33℃的空氣中。唯其如此，才能日常保持 36℃—37℃的體溫。在氣溫比體溫還要高的時候，人類身體上有一種機能，可以避免體溫的增高。這機能就是人類身體上的汗腺。有多少哺乳類動物，如貓、狗和老鼠等，除了身體一小部份外，是沒有汗腺的，因此就不能抵抗很高的氣溫。一隻老鼠在靜止的空氣中，氣溫若增加到 38℃就會死的。人和馬、豬等，身體上汗腺分佈極廣，氣溫高一些，立刻就出汗，使體溫不至於過度地增高。出汗的功能，就是使汗汁蒸發，而使人感覺涼爽。人類有了衣服，再加出汗的機能，在地面上各種氣候狀況之下，雖能對付得過去，但是氣溫太高或是太低，或是變動太緩、太驟，於人類的健康統有很大的影響。據一九三二—一九三三年上海、南京、杭州、漢口、青島五個城市的統計，一年中死亡人數最多在八月和九月，次之在三月和二月，而死亡人數最少是在十月、十一月和五月、六月。換句話講，在我國中部，夏秋之交死人最多，冬春之交次之，而春秋卻是死人最少的時候。夏季和冬季之病症亦不同，夏季的流行症是霍亂、傷寒、瘧疾和痢疾，冬季是肺炎、白喉和猩紅熱。夏季患的多是胃腸病，而冬季多是肺管病。為甚麼死人最多，夏季不在最熱的七月，而在八、九月；冬季不在最冷的一月，而在二、三月呢？這多半因為人身抵抗力經過夏天的酷暑和冬天的嚴寒以後，慢慢地減少了，而病菌遂得乘機以入的緣故。據一九〇一—一九一〇年十年間的調查，日本死亡人數一年中以九月為最多，八月次之，而以六月為最少。可見我國和日本氣候差不多，一年中死亡人數的增減亦相仿。據同時期日本調查女子受孕的數目，則和死亡的數目卻相反，以六月為最多，四、五月次之，而以八、九月為最少。一年各月中日本女子受孕數目統超過人口死亡的數目。唯有九月份，死亡數目比受孕數目還多。可見得假使日本單有夏天而無秋、春、冬各季，則日本的人口不但不能增加，而且會有減少的趨勢。

美國東北部夏季不及我國和日本之酷暑，而冬季之寒冷則過之。所以二、三月間死亡率比七、八月間要高得多，而五、六兩個月的死亡人數最少。美國夏季死亡人數之少，另外還有一原因，即是各城市村邑衛生設備好，夏季的流行病如霍亂、傷寒之類幾乎絕跡，這當然與氣候無關的。可是在同一城邑，凡是冬季愈冷或是夏季愈熱，則死之人數愈多。以紐約城而論，八個最冷的三月比八個最溫和的三月，溫度要低3.5℃，而死亡率就增加百分之十；到夏天則相反，八個最熱的七月比八個最風涼的七月，要熱1.5℃，而死亡率則增加百分之十四。可見死亡率和溫度之關係，絕非偶然的了。亨丁頓根據美國九百萬病人的研究，知道在美國東方，病人最相宜的溫度是18℃，相對濕度是在80%。溫度增高至24℃以上，即於病人有害。空氣乾燥，於病人衛生亦不相宜，尤以冬季為甚。在印度樂克諾地方較孟買為乾燥，而其死亡率即大於孟買。即在印度同一地點，三、四、五各月乾燥時期之死亡率，較之六、七、八各月潮濕時期之死亡率為大，以溫度而論，則印度之春季與夏季同樣暑熱，中國一般人以為乾燥的空氣比潮濕的空氣衛生是錯誤的觀念。

註釋

1 本文選自《氣候與人生及其他生物之關係》，《廣播教育》一九三六年創刊號。

2 本文原載於《科學》，一九三二年第十六卷第十二期。

3 本文為作者一九四八年在浙江大學科學團體聯合會上的講稿。

4 依天文曆，一九四八年陰曆正月和八月，月望統不在十五日而在十六日。

5 本文選自《二十八宿起源之時代與地點》，見《竺可楨文集》，科學出版社一九七九年版，有刪節。

6 本文選自《二十八宿起源之時代與地點》，見《竺可楨文集》，科學出版社一九七九年版。

7 本文為作者一九三一年十一月十八日在廣播無線電台講演內容，又刊載於《國風》一九三三年第十期。

8 本文選自《東南季風與中國雨量》，刊載於《中國現代科學論著叢刊》——氣象學（一九一九—一九四九），科學出版社一九五四年版，有刪節。

9 徐光啟《農政全書》卷十一，占候。

10 陳留、謝肇淛、謝在杭著，分天地人物事五俎，見卷一，天部。

11 本文選自《物候學》，竺可楨、宛敏渭著，科學出版社一九八〇年版，有刪節。題目為編者摘引內文所加。

12 本文選自《物候學》，竺可楨、宛敏渭著，科學出版社一九八〇年版。

13 見李時珍《本草綱目》第四十九卷，一九五五年商務印書館重印本。

14 見黃宗羲《南雷文案》卷一，《景州詩集序》。

15 朱大可校註《新註唐詩三百首》第101頁，一九五七年上海文化出版社出版。

16 《李太白全集》卷七第4頁，「四部備要」本。

17 《杜詩鏡銓》卷十二《杜鵑》，通行本，詩是大曆元年所作。

18 《陸放翁集》卷四十八，商務印書館，「國學基本叢書」本。

19 本文原載於《國風》一九三四年第四卷第八期。

20 本文選自《氣候與人生及其他生物之關係》，《廣播教育》一九三六年創刊號。

21 本文選自《氣候與人生及其他生物之關係》，《廣播教育》一九三六年創刊號。

二　古今氣候變遷考

中國歷史上氣候之變遷[1]

氣候之要素，厥推雨量與溫度。但茲二者，我國歷史上均無統計之可言，則欲研究氣候之更變與否，實為極困難之問題。但雨旱災荒，嚴寒酷暑，屢見史籍，此等現象與雨量、溫度有密切之關係。雖不能如溫度表、量雨計之精確，要亦足以知一代旱潦溫寒之一斑也。

欲為歷代各省雨災、旱災詳盡之統計，則必搜集各省、各縣之志書，羅致各種通史與斷代史，將各書中雨災、旱災之記述一一表而出之而後可。但欲依此計劃進行，則為事浩繁。茲為求簡捷起見，明代以前，根據《圖書集成》，[2]清代根據《九朝東華錄》，上自成湯十有八祀（一七六六），下迄光緒二十六年（一九〇〇），依民國行省區域，將上述二書所載雨災、旱災次數分列為表（表略）。其間唯《咸豐東華錄》因一時不能羅致，故此十一年間雨災、旱災次數暫付缺如。

凡為良好之統計，必須有精確之數目。我國歷史上旱災與雨災報告之是否可靠，實成問題。如農夫欲邀蠲免，則不妨報豐為歉。如海內兵連禍結，則雖有災異，人亦遑恤。即認大多數之報告為事實，欲明氣候之是否變遷，亦尚有困難之點，試分述之：

(1) **災害之程度不同**

史籍所載，或則僅書大雨、大旱，為時甚暫；或則時亘數月，甚至餓殍載途、家人相食，二者不能併為一談。

(2) **區域大小之不同**

旱災或則赤地千里，或則僅限於一州一郡。雨災或則氾濫全國，或則山洪暴雨影響僅及數縣，此其不可相提並列也明矣，若視同一律，則失輕重之分。

(3) **各省人口多寡、交通便利之不同**

凡交通便利、人口較多之處，略有潦旱，即登奏牘。若荒郊僻地、人口稀少之處，則非大旱大水，不以上聞。是故歷代建都之省，其雨災與旱災之次數，均遠較他省為多，在東漢以河南為最，唐代以陝西為最，南宋以浙江為最是也。至明、清兩代始破此例。蓋以長江下游諸省，為賦稅糧食之所自出，故國家之垂注，亦不亞於首都所在之直隸也。

(4) 各朝記載詳略之不同

歷史上各種事實，大抵年代愈久遠，則記載愈略。雨災、旱災之記錄，兩漢以前甚少，歷漢、晉、六朝至唐而漸多，至明、清兩代而更多，故各代旱潦之數實難互相比較。

(5) 水利興廢之不同

雨旱災荒，固多由於天時，但亦視水利之興廢如何。昔劉繼莊曾謂：我國西北，自兩漢以來之所以多旱潦者，由於劉、石雲擾，以迄金、元水利廢弛，由以致之云云。[3] 且直、魯、蘇、豫諸省之水災，則又視乎黃河所取之道而定。自東漢明帝遣王景修汴堤，於是河復故道，由東北入海。自東漢迄唐，河不為患。自宋仁宗時，河決澶州，北流斷絕，河遂南徙。迨明洪武二十四年，河決原武，始全入於淮，自此蘇皖多事。自咸豐五年，河決銅瓦箱，復奪大清河入海，而直、魯兩省受禍又劇。[4]此等變遷，雖足以增減各省水災之數，而與雨量無甚關係。

以上五點，固足使雨災、旱災統計之比較，發生困難。但「二十四史」中所記之災害，苟非虛報，必有足述。至於災區大小之不同，則本篇所列諸表（表略），均以省為單位。如災區甚廣，則同一旱災或雨災，並見於諸省之下。若災區限於一省，則在表中僅見諸該省。如此則災區大小不同者，在表中亦自有別。(3)、(4)兩點，雨災與旱災應受同等之影響。如因首都所在之地，見聞較詳；或因年代較近、記錄較多，則雨災與旱災之數，應照同一比例增加。至於潦旱之多寡，固有賴於水利，但其重要原因，尚在天時。苟天氣亢旱，雖以今日工程智識之發達，亦不能施其技。反之，洪水氾濫，人力之補救，亦只限於一定程度之下。民國九年，北方雨量僅及平均百分之五十，而直、魯、豫、晉、陝五省大旱。一九二二年夏季颱風屢至長江下游，而蘇省大水，此特最近之例耳。且水利興，溝洫通，固足以避免水災，但同時亦可以減少旱災之數。《圖書集成》中水災與雨災分列，[5]凡水災之由於海嘯河決，而不直接由於霖雨者，則不列入雨災中。唯《東華錄》中，雨災與水災常併為一談。非引徵各省志、各縣志，不足以證明其為霖雨所成之水災，抑係江河決口之水災也。表中關於清代水災，均行列入，故各朝之旱災均多於雨災，而清代則不然，職是之故也。

由是觀之，水利之興廢，記錄之詳略，交通之便利與否，對於一代雨災與旱災之數目，應有同類之影響。苟在一時期內，一區域之旱災數驟增，而雨災數反形銳減，則若無充足之理由，足以證明其數目之不精確，即足為該地在該時期內雨量減少之證。反之，若一時期內之旱災數低減，而雨災數增加，則又足為該地雨量增加之徵也。

下列表1與表2（表略），以朝代為單位。因各朝時間修短不同，故除列各朝雨災、旱災之總數外，另闢一行，為每百年中旱災與雨災之數，使各代之數目可以互相比較。兩表中所可注意之點為：⑴除明、清兩代而外，凡首都所在之省份，其雨災與旱災之數均遠出他省之上。⑵時代愈近，則雨災與旱災愈多。⑶我國本部各省在清代除廣西而外，雨災均多於旱災。而明代則除雲南而外，旱災均多於雨災。以上三點其理由已於上節述及，茲不贅。⑷元代黃河流域六省，自直隸、山東以迄陝南、甘肅，其雨災與旱災，不特遠過南宋之數，且超出明代各省雨、旱災之數（山西之雨災除外），足為元代北方水利廢弛之證，而知劉繼莊之言為不誤也。⑸黃河流域下游四省，在南宋時水災均較北宋五代為少，而旱災則除河南（首都所在之省）外，均較五代、北宋為多。此殆足為南宋時黃河流域雨量減少之證，而與亨廷敦氏在新疆調查之結果相符合者也。[6]

表3與表4（表略），以世紀為單位，以便與歐美之記錄相比較。自公元前八世紀起以至十九世紀末葉，公元前雨災與旱災之記錄，為數甚少，且地點只限於山東、河南數省，似無價值之可言。公元以後，記錄漸多，其間可注意之點如下：第四世紀（三〇〇——四〇〇）旱災之數驟增，而雨災之數則驟減。當時旱災雖較三世紀與五世紀為多，而雨災則反較三世紀與五世紀為少。如謂西晉以來，中原淪陷，天下鼎沸，史家無暇顧及災異，則何以自晉成帝咸康二年（三三六）迄劉宋文帝元嘉二十年（四四三）的一百零八年中，竟無一雨災之記錄，而旱災則達四十一次之多，豈非第四世紀時天氣有乾旱之趨勢乎？

除第四世紀而外，雨災之特別少者為十五世紀。在明代鼎盛之時，雨災之發見，史家似不應置若罔聞。而同時旱災之次數，則無同樣之減退。至十六世紀，旱災之數為各世紀冠，而雨災之數則與十三世紀不相上下。是殆足為明代雨災較少而旱災較多之證，而尤以長江流域為甚。

自來旱災之數，雖平均較雨災為多，然除四世紀而外，其相差懸殊，未有若十五世紀長江流域之顯著者。然則亨廷敦氏謂新疆氣候在四世紀與十五世紀驟然乾燥之說，證之以歷史上雨災、旱災之記錄，似甚可信也。

當南宋時，黃河流域雨災特少而旱災特多，已於上節述及。但十二世紀時，旱災總數反較十一世紀與十三世紀為少，而水、旱則反較前後兩世紀增多，似當時雨量有增加之趨勢。南宋佔十二世紀之大部份，與前說不無矛盾。然我國幅員所包甚廣，南北各方之雨量未必同時增進或同時減退。苟為詳細之分析，則知南宋時代，黃河流域雨量雖減退，而長江流域之雨量則反見增加。何以言之？凡一時代雨災與旱災數目之比例之大小，足以知該時代雨量之增進或減退。今試以東晉迄明代各省雨災總數與旱災總數之比例為標準，而以列南宋時代各該省雨災與旱災之比例（即以各省水災之數為一以求旱災之比例），則知黃河流域各省除陝西而外，其比例均較標準為大，而長江流域則均較標準為小。

黃河流域與長江流域雨量增減之不同，依近來測候所之統計，而知時所常有。前印度氣象局局長沃克氏，曾搜集世界各處近百年來之雨量，而著為一文，題為《日中黑子與世界之雨量》。依沃克氏之研究，則謂世界各處雨量，可分為兩類：或則依日中黑子之數增加而增進，或則因黑子之數增加而雨量反形減少。如朝鮮、南滿及黃河下游屬於第二類，而長江下游則屬於第一類。

日中黑子之記載，世界各國中以我國為最早。依「二十四史」中各代所記有黑子之年數，列為表如下：[7]

據下表以觀，則知南宋一朝，日中黑子之多，為晉代迄明之所未有。近代科學家，對日中黑子最有研究之沃爾夫（Wolfer）氏，亦承認十二世紀為歷史上日中黑子發現最多之時期。若參以沃克氏雨量與黑子關係之說，益足以知南宋長江流域雨量增加，而黃河流域雨量減少之說為不誤也。

日中黑子之性質如何，現時科學家尚聚訟紛紜，而無定論。但經美國天文學家紐科姆

我國歷史上各代紀有日中黑子年數表

第 4 世紀	17	第 11 世紀	3
第 5 世紀	2	第 12 世紀	16
第 6 世紀	7	第 13 世紀	6
第 7 世紀	0	第 14 世紀	9
第 8 世紀	0	第 15 世紀	0
第 9 世紀	8	第 16 世紀	2
第 10 世紀	1		

（Newcomb）及德國地學家柯本二氏之研究，日中黑子之多寡，與地球上溫度有密切之關係，已成科學家之定論。凡日中黑子多，則地面溫度低降；黑子少，則地面溫度增高。苟南宋時代，日中黑子特別增多，則當時溫度似應特別低減，試以徵諸我國歷史上之記載。

我國歷史上雖無溫度之記載，但降霜飛雪之遲早，草木開花結果之時期，在皆足以見氣候之溫寒。昔劉繼莊嘗就南北諸方，以桃李開花之先後，考其氣候，以覘天地相應之變遷，惜也其書不傳。但以桃李開花為標準，不若以初霜初雪或終霜終雪為標準之精確。因同一地點，一歲中桃李開花時間之先後，常可以有旬日之差。而初霜初雪，實可以表示空氣溫度之達冰點也。

但欲為精確之比較，亦殊非易。因必須知當時霜雪之日期與地點，然後始能作比較，而歷史上於二者往往略而不詳也。南宋建都武林，於杭州之霜雪所記特詳，且均有年月甲子。計自高宗紹興元年（一一三一）起，訖理宗景定五年（一二六四）止，一百三十三年間，在宋史共有四十次春雪之記載，其日期可以確定。為與近代春雪日期比較起見，將陰曆甲子依南京教士黃君所著《中西紀年合表》[8]改為陽曆月日，則知在南宋時，杭州入春降雪時期，較現時晚而且久也。

凡氣候愈冷，則春季最後降雪期亦愈晚。依近來之調查，則知春季平均終雪日期，在長春為陽曆四月二十日，奉天（今瀋陽）為四月九日，天津為三月二十三日，至閩、粵諸省，則雖在嚴冬，亦不常見雪。自前清光緒三十一年（一九〇五）至一九一四年，十年間，杭州平均終雪日期為二月二十三日。而此十年中，最晚終雪日期則為三月十五日。但依南宋時之記載，京師四十次春雪中，其日期在二月二十三日以後者有三十七次，而超過三月十五日者亦有二十一次之多。苟將當時記錄分每十年為一組，將一百三十年分為十三組，則除兩組而外，其最晚終雪期均在三月十五日以後。各組之平均，則為四月一日，與南京最晚終雪期不相上下（與杭垣同時期十年間南京最後終雪期為四月三日）。如謂光緒末年至民國初元，天氣溫和或降雪特少，則試取同治十二年至光緒二十八年間上海之記載，而知此三十年間上海最晚終雪，亦僅為四月四日。[9] 若僅僅一二次之記錄，固不足憑。但南宋先後共有四十次之記錄，而日期均若是其晚，則必非偶然，殆當時春初之溫度較現時為低。至於相差若干，雖不能確定，但依其最晚終雪日期，因以與南京、上海之溫度相較，則可推知約低1攝氏度之譜。

最晚終雪之延遲，不特可以證明溫度之低，而且可以表示當時風暴之途徑。在長江流域一帶，冬春雪之多少，視乎風暴之途徑而定。如風暴由長江流域入海，則風來自北，溫度低而多雪；如風暴掠黃河流域以入海，則風來自南，溫度高而無雪。南宋時杭垣春季多雪，則風暴南行之徵也。依美國氣象學家顧爾謀（Kullmer）之研究，則知美國風暴之途徑，視日中黑子多寡而不同。日中黑子多，則風暴趨向美國南部（北緯 30° 左右）；黑子少，則風暴趨向北方（北緯 40° 左右）。南宋時代為日中黑子最盛之時，則風暴之趨向長江流域宜也。在同一地理狀況之下，風暴愈多，則雨量亦愈多。南渡而後，風暴若競由長江流域以入海，則長江流域必將因之以多雨而使長江流域之雨災增多也。

昔奧人布呂克納（Brückner）曾搜集歐洲歷史上關於冬季天氣嚴寒之記載及各代葡萄收穫之時期，自九世紀以迄十八世紀列為一表，而斷定十二、十三兩世紀，歐洲溫度較低，而十五世紀之溫度則較高。我國歷史上氣候之差異，與歐洲如出一轍。自十二世紀至十四世紀，冬季似較嚴寒；至十五世紀，冬季之天氣似較溫和。是又足與南宋降雪之記錄，互相印證者也。

由是觀之，我國歷史上之記載，似足以證明東晉與明代中葉，旱災特別增多。南宋時代，黃河流域雖亢旱，而長江流域則時有風暴，雨雪豐盛。以溫度而論，南宋及元似較低，而明代中葉則較高，與日中黑子之數成一反比。此實與亨廷敦氏新疆氣候變遷之説相為表裏，而知氣候之並非固定矣。

近來美國道格拉斯（Douglas）發明以松柏類年輪之厚薄，定往昔雨量之多寡。蓋在雨量不豐之處，松柏類年環之厚薄，與雨量之豐歉成正比例。歐美森林葱鬱之處，蒼老之松柏，有壽逾四千載者。道氏數年來於德意志、挪威及美國西部各處，搜集古松，截而驗之，則歐美近二千年雨量之增減不難按圖索驥也。據道氏研究之結果，謂自公元四世紀以後，雨量驟減；至十世紀末，雨量稍有增進；然越五十年而又減，以至十二世紀末葉，至十四世紀初期，雨量又復加增；但自十五世紀而又鋭減，以迄十六世紀初葉云云。是則歷史上氣候之變遷，固不僅限於我國一隅矣。

南宋時代我國氣候之揣測[10]

研究歐西歷史上氣候之變遷者，頗不乏人，而首推布呂克納（Brückner）氏。依其調查之結果，則歐洲在十二世紀初葉以迄十四世紀初葉二百年間，其天氣似較其餘各世紀為冷。公元十二、十三兩世紀適當我國南宋（一一二七——一二七九）

及元代（一二八〇——一三六七）初葉。我國與歐洲同處北溫帶，同在一大陸上（近世地理學家多認歐亞為一洲而非兩洲），則寒涼溫熱，不無連帶之關係。試以我國歷史上所記之事實證明之。

「二十四史」中，降雪記載之多，首推宋史，而尤以南宋為最多。計上自高宗紹興元年（一一三七），下迄理宗景定五年（一二六四），一百三十三年間，專關於首都杭州春間降雪之記載，共有四十次之多。其間有兩次僅記月而不記甲子，其餘均有甲子可按。[11]

南宋時武林入春，往往降雪，為期之晚，勝於今日。依近時杭州測候所之調查，自一九〇五——一九一四年十年間，杭州平均終雪期為陽曆二月二十三日，而最後終雪期為三月十五日。[12] 以此而例，南宋時代武林降雪之日期，則足以知南宋時代終雪之晚。試將一一三一年起至一二六〇年止，一百三十年分為十三組，每組十年。則其中除一二四一——一二五〇年及一二二一——一二三〇年兩組而外，其餘各組中降雪日期，均有晚於三月十五日者。況《宋史》所載，未必為當時各年度之終雪日期乎。苟將各組中擇其記錄降雪之最晚日期而平均之，則得南宋時代每十年間最晚終雪期為四月一日。自公元一八七三——一九〇二年三十年間，上海最晚終雪期為四月四日；而一九〇五—一九一四年十年間，南京最晚終雪期為四月二日，[13]與南宋時代杭州每十年度中最晚終雪期不相上下。但依現時調查，上海與南京兩處平均溫度，均較杭州低約1℃。[14]由此可以知南宋時代杭州溫度之低於今日矣。

如謂宋史所載或多謬誤，地名之遺漏，風雪之虛報，在所不免。則試依布呂克納氏研究歐洲歷史上溫度高下之方法，搜集各世紀中冬季特別嚴寒之年數，以資比較。

大抵歷史上所記載各種事實，時代愈近則記述愈詳。我國歷史上大寒年數，至十二世紀而驟增，歷十三、十四兩世紀，至十五世紀而驟減。歐洲歷史所記載，亦復如此。二者不約而同，足以互相印證，南宋時代我國氣候寒冷，於此似又得一明證矣。

地球上所以有寒溫之差別，全視乎日光多寡而定，是以晝夜冬夏溫涼不同。欲求地球上氣候所以變遷之原因，不能不研究地球所受光熱之來源。二十世紀初葉美國著名天文學家紐科姆（Simons Newcomb）證明地球上溫度之變遷，與日中黑子有密切之關係。嗣後研究此問題者接踵而起，而其間成績最佳者，當推德國之柯本（Kōppen）與英國之沃爾克（Walker）。依諸人研究之結果，則知日中黑子眾多，則地球上溫度低減；日中黑子稀少，則地球上溫度增高。科學家對於日中黑子之內容性質，雖尚無定論，而與地球上溫度有上述之關係，則已為一般所公認者也。

沃爾克氏曾搜集世界各國一百六十六所氣象台歷年之溫度、雨量、氣壓，以與各年度日中黑子之數相比較，而得其相關系數。將北京、上海、香港三處氣候與日黑子相關系數摘錄列表，足知北京、上海、香港三處溫度之增減，雖不全視日中黑子數目之多寡為轉易，但關係極為密切。換言之，即日中黑子增多，則三處溫度均有低減之勢也。

關於歷史上日中黑子之記載，以我國為最早。在兩晉時代，業已見諸史籍。茲將自唐代迄明代史籍所載，各世紀均有日中黑子發現之年數，與大寒年數同列一表中（表略）而求得其相關系數如下，可以知日中黑子愈多，而大寒年數亦愈眾也。

我國歷史上大寒年數與日中黑子相關系數

=+0. 566±0. 162

歐洲歷史上大寒年數與日中黑子相關系數

=+0. 364±0. 196

十二世紀時，日中黑子在歷史上發現之多，晉代以還，首屈一指。即

十三、十四兩世紀，日中黑子發現之年數，亦復不弱。近世科學家既斷定日中黑子眾多，為地球上溫度降低之徵兆，則南宋時代氣候之寒冷不亦宜乎？

綜上所述，則吾人可以南宋時代春季降雪時期之晚，大寒年數之多，及日中黑子之數，而斷定當時氣候必較現時及唐、明兩朝為冷。試更進一步研究當時終雪時期之晚與氣候所以寒冷之原因。我國東部天氣之晴陰溫寒，全視乎亞洲中部氣壓之高下及風暴所在之地點而定。凡在冬季，風暴均自西藏、蒙古或西伯利亞等地向東行，渡海而往日本。[15] 如風暴自長江流域以南入海，則長江流域一帶多北風而時降雪。如風暴經黃河流域以入海，則長江流域多南風，或有陰雨，但不降雪。此所以東北風有「雪太公」之稱也。南宋時代，暮春常降雪，則風暴南行之徵候也。依美國氣象學家庫爾默（Kullmer）氏之研究，知日中黑子多，則美國風暴亦愈多。且風暴所行之路徑，亦視日中黑子數多寡而有不同。日中黑子多，則風暴趨向美國南部（北緯 20° 左右）；黑子少，則風暴趨向美國北部。我國風暴途徑與日中黑子之關係，雖尚乏研究，但在同一帶內，度其影響亦必類似。若然，則南宋時代既為歷史上日中黑子發現最盛之時期，則風暴固應頻仍，而南趨長江流域（北緯 30° 左右），此當時杭州之所以入春多雪也。[16]

中國古籍上關於季風之記載[17]

季風西文作 Monsoon，源於阿拉伯字 Mausim，意即季候也。我國古稱信風，此風在阿拉伯海及印度洋中流行最盛。中古時代，南亞海上貿易全為阿拉伯人所操縱，當時海洋船舶來往，唯風是賴，故阿拉伯商人於季風向背之季候，亦知之最稔。我國晉代高僧法顯，於安帝隆安三年（三九九）自長安出發，經敦煌、鄯善赴天竺尋求戒律，越十五載，取道南海而歸。依日本安永重鐫沙門法顯自記遊天竺事[18]稱：「法顯住此（摩梨帝國在恒河河口）二年，寫經及畫像，於是載商人大舶，泛海西南行，得冬初信風，晝夜十四日，到師子國……法顯住此國二年，更求得彌沙塞律藏本，得長阿含雜阿含，復得一部雜藏，此悉漢土所無者。得此梵本已，即載商人大船上，可有二百餘人，後繫一小舶，海行艱險，以備大舶毀壞。得好信風，東下三日，便值大風……如是九十許日，乃到一國，名耶婆提……停此國五月日，復隨他商人大舶上，亦二百許人，賫五十日糧，以四月十六日發，法顯於舶上安居，東北行趨廣州。」

由此可知當時季風對於航行之重要，法顯之所以居留耶婆提（即今爪哇）至五月之久者，非欲觀光上國，乃以風向不利於行耳。蓋法顯於陰曆十一月間抵耶婆提時值東北季風盛行南海，故必須待至翌年初夏，風轉西南或東南始克返棹耳。

降及宋元時代，雖大食、波斯與中國通商，往來頻繁，遠勝兩晉六朝，而南海商船來往之唯季風是賴，一如曩昔。宋周去非著《嶺外代答》[19]謂：「國家綏懷外夷，於泉廣二州，置提舉市舶司。故凡蕃商急難之欲赴訴者，必提舉司也。歲十月提舉司大設蕃商而遣之，其來也常在夏至之後……諸番國之富盛多寶貨者，莫如大食國，其次闍婆國，其次三佛齊國……諸蕃之入中國，一歲可以往返；唯大食必二年而後可。大抵蕃舶風便而行，一日千里。一遇朔風為禍不測。」十月遣之，以東北季風可資南返。夏至後始至，則以待東南季風也。

東南季風不特古代蕃舶借以北來，而我國夏季雨澤甘霖之得以長驅直入而達黃河、長江流域，實亦利賴之也。在我國古籍所載東南季風之名稱不一，《風俗通》[20]謂：「五月有落梅風，江淮以為信風。」《玉芝堂談薈》引《風土記》謂「南中六月則有東南長風號黃雀風」。蘇東坡《舶棹風》詩：「三時已斷黃梅雨，萬里初來舶棹風。」其詩引中有云：「吳中梅雨既過，颯然清風彌旬，歲歲如此，湖人謂之舶棹風。是時海舶初回，此風自海上與舶俱至云爾。」蓋信風可兼指冬夏季風，而舶棹風則專指夏至後東南季風而言。

中國近五千年來氣候變遷的初步研究[21]

中國古代哲學家和文學家如沈括（一〇三〇—一〇四九）、劉獻廷（一六四八—一六九五）對於中國歷史時期的氣候無常，早有懷疑。但他們拿不出很多實質性事實以資佐證，所以後人未曾多加注意。直到二十世紀二十年代，「五四」運動即反帝反封建運動之後，中國開始產生了一種新的革命精神，近代科學也受到推動和擴展，例如應用科學方法進行考古發掘，並根據發掘材料對古代歷史、地理、氣象等進行研究。殷墟甲骨文首先引起一些學者的注意，有人據此推斷在三千年前，黃河流域同今日長江流域一樣溫暖潮濕。近三千年來，中國氣候經歷了許多變動，但它同人類歷史社會的變化相比畢竟緩慢得多，有人不了解這一點，僅僅根據零星片段的材料而誇大氣候變化的幅度和重要性，這是不對的。當時作者也曾根據雨量的變化去研究中國的氣候變化，由於雨量的變化往往受地域的影響，因此很難得出正確的結果。

二十世紀初期，奧地利的漢恩（J. Hann）教授以為在人類歷史時期，世界氣候並無變動。這種唯心主義的論斷已被我國歷史記錄所否定，從下面的論述就可以知道。

在世界上，古氣候學這門學科好像到了二十世紀六十年代才引起地球物理科學家的注意。在六十年代，曾舉行過三次古氣候學的世界會議。在這幾次會議上提出的文章，多半是關於地質時代的氣候，只有少數討論到歷史時代的氣候。無疑，這是由於在西方和東方國家中，在歷史時期缺乏天文學、氣象學和地球物理學現象的可靠記載。在這方面，只有我國的材料最豐富。在我國的許多古文獻中，有着颱風、洪水、旱災、冰凍等一系列自然災害的記載，以及太陽黑子、極光和彗星等不平常的現象的記錄。一九五五年，《天文學報》發表了《古新星新表》一文，文中包括十八世紀以前的九十個新星。這篇文章出版以後，極為世界上的天文學家所重視。一九五六年，中國科學院出版兩卷《中國地震資料年表》，包括公元前十二世紀到一九五五年之間的一千一百八十次大地震。這一工作除了為我國的社會主義建設提供不可缺少的參考資料以外，中外地震學家都非常歡迎這兩卷書。

在中國的歷史文件中，有豐富的過去的氣象學和物候學的記載。除歷代官方史書記載外，很多地區的地理志（方志）以及個人日記和旅行報告都有記載，可惜都非常分散。本篇論文，只能就手邊的材料進行初步的分析，希望能夠把近五千年來氣候變化的主要趨勢寫出一個簡單扼要的輪廓。

根據手邊材料的性質，近五千年的時間可分為四個時期：(1)考古時期。大約公元前三〇〇〇年至前一一〇〇年，當時沒有文字記載（刻在甲骨上的例外）。(2)物候時期。公元前一一〇〇年到公元一四〇〇年，當時有對於物候的文字記載，但無詳細的區域報告。(3)方志時期。從公元一四〇〇年到一九〇〇年，在我國大半地區有當地寫的而時加修改的方志。(4)儀器觀測時期。我國自一九〇〇年以來，開始有儀器觀測氣象記載，但局限於東部沿海區域。氣候因素的變遷極為複雜，必須選定一個因素作為指標。如雨量為氣候的重要因素，但不適合於做度量氣候變遷的指標。原因是在東亞季風區域內，雨量的變動常趨極端，非旱即澇；再則鄰近兩地雨量可以大不相同。相反地，溫度的變遷微小，雖一攝氏度之差，亦可精密量出，在冬、春季節即能影響農作物的生長。而且冬季溫度因受北面西伯利亞高氣壓的控制，使我國東部沿海地區溫度升降比較統一，所以本文以冬季溫度的升降作為我國氣候變動的唯一指標。

四十或五十年前，歐美大多數正統氣候學家相信，氣候在歷史時代是穩定的。根據當時奧地利的漢恩的意見，如果有一個地方做了三十年的溫度記載或四十年的降雨記載，我們就能給那個地方建立起一個標準。這個標準能夠代表歷史上過去和將來若干世紀的溫度和雨量。這種見解，已為世界近數十年來收集的氣象資料所否定。在我國，古代作家如《夢溪筆談》的作者沈括、《農丹》的作者張標和《廣陽雜記》的作者劉獻廷，均懷疑歷史時代氣候的恆定性，且提出各朝代氣候變異的事例，記載於上述書籍中。對於中國氣候的發展史，中國的文獻是一個寶庫，我們應當好好地加以研究。

本文對我國近五千年來的氣候史的初步研究，可導致下列初步結論：(1)在近五千年中的最初二千年，即從仰韶文化到安陽殷墟，大部份時間的年平均溫度高於現在2℃左右。一月溫度大約比現在高3℃—5℃，其間上下波動，目前限於材料，無法探討。(2)在那以後，有一系列的上下擺動，其最低溫度在公元前一〇〇〇年、公元四〇〇年、一二〇〇年和一七〇〇年，擺動範圍為1℃—2℃。(3)在每一個四百年至八百年的期間裏，可以分出五十年至一百年為週期的小循環，溫度範圍是0.5℃—1℃。(4)上述循環中，任何最冷的時期，似乎都是從東亞太平洋海岸開始，寒冷波動向西傳佈到歐洲和非洲的大西洋海岸，同時也有從北向南趨勢。

我國氣候在歷史時代的波動與世界其他區域比較，可以明顯看出，氣候的波動是全世界性的，雖然最冷年和最暖年可以在不同的年代，但彼此是先後呼應的。關於歐洲歷史上的氣候變遷，英國布魯克斯（C.P.E. Brooks）是二十世紀前半期最有成績的作者。我們把他所製的公元三世紀以來歐洲溫度升降圖與中國同期溫度變遷圖作一對照就可以看出，兩地溫度波瀾起伏是有聯繫的。在同一波瀾起伏中，歐洲的波動往往落在中國之後。如十二世紀是中國近代歷史上最寒冷的一個時期，但是在歐洲，十二世紀卻是一個溫暖時期，到十三世紀才寒冷下來。如十七世紀的寒冷，中國也比歐洲早了五十年。歐洲和中國氣候息息相關是有理由的。因為這兩個區域的寒冷冬天，都受西伯利亞高氣壓的控制。如西伯利亞的高氣壓向東擴展，中國北部西北風強，則中國嚴寒而歐洲溫暖。相反，如西伯利亞高氣壓傾向歐洲，歐洲東北風強，則北歐受災而中國溫和。只有當西伯利亞高壓足以控制全部歐亞時，兩方就要同時出現嚴寒。

挪威的冰川學家曾根據地面升降的結果，做出近一萬年來挪威的雪線升降圖。雪線的升降與一地的溫度有密切關係。一時代氣候溫暖則雪線上升，時代轉寒，雪

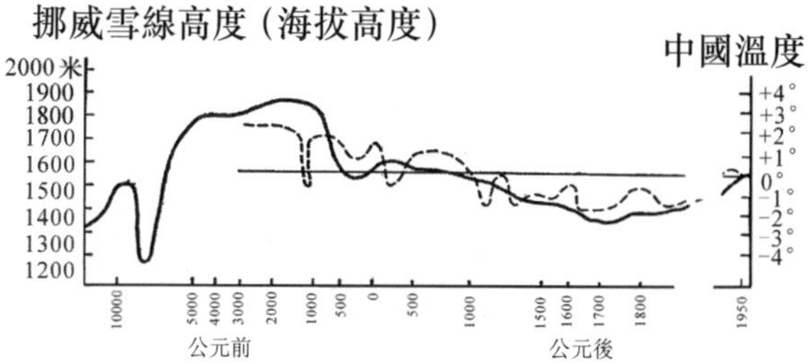

一萬年來挪威雪線高度（實線）
與五千年來中國溫度（虛線）變遷圖
雪線高度以米計，目前挪威雪線高度在1600米左右。溫度以攝氏計，以0線作為目前溫度水平。橫線時間的縮尺是冪數的，越至左邊縮尺越小。

線下降。以我國五千年來氣溫升降與挪威的雪線高低相比（圖），大體是一致的，但有先後參差之別。圖中溫度0線是現今的溫度水平，在殷、周、漢、唐時代，溫度高於現代；唐代以後，溫度低於現代。挪威雪線也有這種趨勢。但在戰國時期，公元前四〇〇年，出現一個寒期為中國所無。尚有一點須指出，即雪線高低雖與溫度有密切關係，但還要看雨量的多少和雨量季節的分配，所以不能把雪線上下的曲線完全用來代表溫度的升降。

最近丹麥首都哥本哈根大學物理研究所丹斯加德（W. Dansgaard）教授，在格陵蘭島上Camp Century地方的冰川塊中，以^{18}O的同位素方法研究結冰時的氣溫。結果是：結冰時氣溫高時，^{18}O同位素就增加，氣溫增加1℃，δ

（^{18}O）‰就增加 0.69‰。茲將丹斯加德所製近一千七百年來格陵蘭島氣溫升降圖與本文中用物候所測得的同時間中國氣溫圖作一比較，[22] 從三國到六朝時期的低溫，唐代的高溫到南宋、清初的兩次驟寒，兩地都是一致的，只是時間上稍有參差。如十二世紀初期格陵蘭島尚有高溫，而中國南宋嚴寒時期已開始。但相差也不過三四十年，格陵蘭島溫度就迅速下降至平均以下。若以歐洲相比，則歐洲在十二、十三世紀天氣非常溫暖，與中國和格陵蘭島均不相同。若追溯到三千年以前，中國《竹書紀年》中所記載的寒冷，在歐洲沒有發現，到戰國時期，歐洲才冷了下來。但在約翰遜（S.G. Johnsen）和丹斯加德的圖表中就可以看出，[23] 距今三千年前格陵蘭島曾經一次三百年的寒冷時期，與《竹書紀年》的記錄相呼應。到距今二千五百年到二千年間，即在我國戰國、秦、漢間，格陵蘭島卻與中國一樣有溫和的氣候。凡此均說明格陵蘭島古代氣候變遷與中國是一致的，而與西歐則不相同。格陵蘭島與中國相距二萬餘公里，而古代氣候變動如出一轍，足以說明這種變動是全球性的。作者認為這是由於格陵蘭島和我國緯度高低不同，但都處在大陸的東緣，雖面臨海洋，仍然是大陸性氣候，與西歐的海洋性氣候所受大氣環流影響不相同。加拿大地質調查所在東部安大略省（北緯 50°、西經 90°）地方用古代土壤中所遺留的孢子花粉研究，得出的結果，也是距今三千年至二千五百年前有一次寒冷時期；但嗣後又轉暖的情況，與中國和格陵蘭島相似。我國涂長望曾研究「中國氣溫與同時世界浪動之相關係數」，得出結論：中國冬季（十二月至二月）溫度與北大西洋浪動的相關係數是正的，雖是指數不大，換言之，即中國冬季溫度與北美洲大西洋岸冬季溫度有類似的變化。總之，地球上氣候大的變動是受太陽輻射所控制的，所以，如冰川時期的寒冷是全世界一律的。但氣候上小的變動，如年溫1℃—2℃的變動，則受大氣環流所左右，大陸氣候與海洋氣候作用不同，在此即可發生影響。

本文主要用物候方法來揣測古氣候的變遷。物候是最古老的一種氣候標誌；用^{18}O和^{16}O的比例來測定古代冰和水的古氣溫是一九四七年W. D. Urry的新發現，而兩種方法得出的結果竟能大體符合，也證明了用古史書所載物候材料來做古氣候研究是一個有效的方法。我們若能掌握過去氣候變動的規律，則對於將來氣候的長期預報必能有所補益。本文只是初步探討，對於古氣候說明的問題無幾，而所引起的問題卻不少。我們若能貫徹「古為今用」的方針，充份利用我國豐富的古代物候、考古資料，從古代氣候研究中作出週期性的長期預報，只要努力去做，是可以得出結果的。

考古時期（約前三〇〇〇—前一一〇〇）的中國氣候[24]

西安附近的半坡村是一個最為熟知的遺址。根據一九六三年出版的報告，在一九五四年秋到一九五七年夏之間，中國科學院考古研究所在這個遺址上，進行了五個季節的發掘，大約發掘了一萬平方米的面積，發現了四十多個房屋遺址，二百多個貯藏窖，二百五十個左右的墓葬，近一萬件的各種人工製造物。根據研究，農業在半坡的人民生活中顯然起着主要作用。種植的作物中有小米，可能有些蔬菜；雖然也養豬、狗，但打獵、捕魚仍然是重要的。由動物骨骼遺跡表明，在獵獲的野獸中有獐（又名河麂，*Hydropotes inermis*）和竹鼠（*Rhizomys sinensis*）……書中認為，這個遺址是屬於仰韶文化（用 ^{14}C 同位素測定為五千六百至六千零八十年前）；並假定說，因為水獐和竹鼠是亞熱帶動物，而現在西安地區已經不存在這類動物，推斷當時的氣候必然比現在溫暖潮濕。

在河南省黃河以北的安陽，另有一個熟知的古代遺址——殷墟。它是殷代（約前一四〇〇—前一一〇〇）故都，那裏有豐富的亞化石動物。楊鐘健和德日進（P.

Teilhar de Chardin）曾加以研究，其結果發表於前北京地質調查所報告之中。這裏除了如同半坡遺址發現多量的水獐和竹鼠外，還有貘（*Tapirus indicus Cuvier*）、水牛和野豬。這就使德日進雖然對於歷史時代氣候變化問題自稱為保守的作者，也承認有些微小的氣候變化了，因為許多動物現在只見於熱帶和亞熱帶。

然而對於氣候變化更直接的證據是來自殷代具有很多求雨刻文的甲骨文上。在二十多年前胡厚宣曾研究過這些甲骨文，發現了下列事實：在殷代時期，中國人雖然使用陰曆，但已知道加上一個閏月（稱為第十三個月）來保持正確的季節；因而一年的第一個月，是現在的陽曆的一月或二月的上半月。在殷墟發現十萬多件甲骨，其中有數千件是與求雨或求雪有關的。在能確定日期的甲骨中，有一百三十七件是求雨雪的，有十四件是記載降雨的。這些記載分散於全年，但最頻繁的是在一年的非常需要雨雪的前五個月。在這段時間內，降雪很少見。當時安陽人種稻，在第二個月或第三個月，即陽曆三月份開始下種；比現在安陽下種要到四月中，大約早一個月。論文又指出，在武丁時代的一個甲骨上的刻文說，打獵時獲得一象。表明在殷墟發現的亞化石象必定是土產的，不是像德日進所主張的，認為都是從南方引進來的。河南省原來稱為豫州，「豫」字就是一個人牽了大象的標誌，這是有其含義的。

一個地方的氣候變化，一定要影響植物種類和動物種類，只是植物結構比較脆弱，所以較難保存；但另一方面，植物不像動物能移動，因而作氣候變化的標誌或比動物化石更為有效。對於半坡地層進行過孢子花粉分析，因花粉和孢子並不很多，故對於當時的溫冷情況不能有正面的結果，只能推斷當時同現在無大區別，氣候是半乾燥的。一九三〇—一九三一年，在山東歷城縣兩城鎮（北緯35°25′、東經119°25′）發掘龍山文化遺址。在一個灰坑中找到一塊炭化的竹節，有些陶器器形的外表也似竹節。這說明在新石器時代晚期，竹類的分佈在黃河流域是直到東部沿海地區的。

從上述事實，我們可以假設，自五千年前的仰韶文化以來，竹類分佈的北限大約向南後退緯度從1°—3°。如果檢查黃河下游和長江下游各地的月平均溫度及年平均溫度，可以看出正月的平均溫度減低3℃—5℃，年平均溫度大約減低2℃。某些歷史學家認為，黃河流域當時近於熱帶氣候，雖未免言之過甚，但在安陽這樣的地方，正月平均溫度減低3℃—5℃，一定使冬季的冰雪總量有很大的不同，並使人們很容易覺察。那些相信冰川時期之後氣候不變的人是違反辯證法原則的；實際上，歷史時期的氣候變化同地質時期的氣候變化是一樣的，只是幅度較小而已。現代的溫度和最近的冰川時期，即大約一兩萬年以前時代相比，年平均溫度要溫暖到七八攝氏度之多，而歷史時期年平均溫度的變化至多也不過二三攝氏度而已。氣候過去在變，現在也在變，將來也要變。近五千年期間，可以說仰韶和殷墟時代是中國的溫和氣候時代，當時西安和安陽地區有十分豐富的亞熱帶植物種類和動物種類。不過氣候變化的詳細情形，尚待更多的發現來證實。

物候時期（前一一〇〇—一四〇〇）的中國氣候[25]

沒有觀測儀器以前，人們要知道一年中寒來暑往，就用人目來看降霜下雪、河開河凍、樹木抽芽發葉及開花結果、候鳥春來秋往等等，這就叫物候。我國勞動人民，因為農業上的需要，早在周初即公元前十一世紀時便開創了這種觀測。如《夏小正》、《禮記·月令》均載有從前物候觀察的結果。積三千年來的經驗，材料極為豐富，為世界任何國家所不能企及。

隨着周朝建立（前一〇六六—二四九），國都設在西安附近的鎬京，就來到物候時期。當時官方文件先銘於青銅，後寫於竹簡。中國的許多方塊字，用會意、象形來表示，在那時已形成。由這些形成的字，可以想像到當時竹類在人民日常生活中曾起了如何的顯著作用。方塊字中如衣服、帽子、器皿、書籍、家具、運動資料、建築部份以及樂器等名稱，都以「竹」為頭，表示這些東西最初都是用竹子做成的。因此，我們可以假設在周朝初期氣候溫暖可使竹類在黃河流域廣泛生長，而現在不行了。

氣候溫和由中國最早的物候觀測也可以證實。新石器時期以來，當時居住在黃河流域的各民族都從事農業和畜牧業。對於他們，季節的運行是頭等重要的事。當時的勞動人民已經認識到一年的兩個「分」點（春分和秋分）和兩個「至」點（夏至和冬至），但不知道一個太陽年的年裏確有多少天。所以，急欲求得辦法，能把春分固定下來，作為農業操作的開始日期。商周人民觀察春初薄暮出現的二十八宿中的心宿二，即紅色的大火星來固定春分。[26] 別的小國也有用別的辦法來定春分的，如在山東省近海地方的郯國人民，每年觀測家燕（*Hirundo rustica gutturalis*）的最初來到以測定春分的到來。《左傳》提到郯國國君到魯國時對魯昭公說，他的祖先少皞在夏、殷時代，以鳥類的名稱給官員定名，稱玄鳥為「分」點之主，以示尊重家燕。[27] 這種說法表明，在三四千年前家燕正規地在春分時節來到郯國，郯國以此作為農業開始的先兆。我們現在有物候觀察網，除作其他觀察外，也注意家燕的來去。根據近年來的物候觀測，家燕近春分時節正到上海，十天至十二天之後到山東省泰安等地。郯居於上海與泰安之間。據E.S. 威爾金森（E.S. Wilkinson）在他的《上海鳥類》一書中寫道：「家燕在三月二十二日來到長江下游、上海一帶，每年如此。」顯然三四千年前家燕於春分已到郯國，而現在春分那天家燕還只能到上海了。

周朝的氣候，雖然最初溫暖，但不久就惡化了。《竹書紀年》上記載周孝王時，長江一個大支流漢水有兩次結冰，發生於公元前九〇三年和公元前八九七年。《竹書紀年》又提到結冰之後，緊接着就是大旱。這就表示公元前第十世紀時期的寒冷，《詩經》也可證實這點。相傳《詩經．豳風》是周初成王時代（前一〇六三—前一〇二七）的作品，可能在成王後不久寫成。豳（邠）的地點據說是一個離西安不遠、海拔五百米高的地區。當時一年中的重要物候事件，我們可以從《豳風》中的下列詩句中看出來：

八月剝棗，十月穫稻，
為此春酒，以介眉壽。

接着又說：

二之日鑿冰沖沖，
三之日納於陵陰，
四之日其蚤，獻羔祭韭，
九月肅霜，十月滌場。

這些詩句，可以作為周朝早期即公元前十世紀和十一世紀時代邠地的物候日曆。如果我們把《豳風》裏的物候和《詩經》其他國風的物候如《召南》或《衛風》裏的物候比較一下，就會覺得邠地的嚴寒。《國風．召南》詩云：「摽有梅，頃筐塈之。」《衛風》詩云：「瞻彼淇奧，綠竹猗猗。」梅和竹均是亞熱帶植物，足證當時氣候之和暖，與《豳風》物候大不相同。這個冷暖差別一部份是由於邠地海拔高的緣故，另一方面是由於周初時期如《竹書紀年》所記載過有一個時期的寒冷，而《豳風》所記正值這寒冷時期的物候。在此連帶說一下，周初的陰曆是以現今陽曆的十二月為歲首的，所以《豳風》的八月等於陽曆九月，其餘類推。[28]

周朝早期的寒冷情況沒有延長多久，大約只一兩個世紀，到了春秋時期（前七七〇—前四八一）又和暖了。《春秋》往往提到，山東魯國過冬，冰房得不到冰；在公元前六九八年、前五九〇年和前五四五年時尤其如此。[29] 此外，像竹子、梅樹這樣的亞熱帶植物，在《左傳》和《詩經》中常常提到。

宋朝（九六〇—一二七九）以來，梅樹為全國人民所珍視，稱梅為花中之魁，中國詩人普遍吟詠。事實上，唐朝以後，華北地區梅就看不見。可是，在周朝中期，黃河流域下游是無處不有的，單在《詩經》中就有五次提過梅。在《秦風》中有「終南何有？有條有梅」的詩句。終南山位於西安之南，現在無論野生的或栽培的，都無梅樹。[30] 下文要指出，宋代以來，華北梅樹就不存在了。在商周時期，梅樹果實「梅子」是日用必需品，像鹽一樣重要，用它來調和飲食，使之適口（因當時不知有醋）。《書經．說命篇下》說：「若作酒醴，爾唯麴蘗；若作和羹，爾唯鹽梅。」

這說明商周時期梅樹不但普遍存在，而且大量應用於日常生活中。

到戰國時代（前四八〇－前二二一），溫暖氣候依然繼續。從《詩經》中所提糧食作物的情況，可以斷定西周到春秋時代，黃河流域人民種黍和稷，作為主要食物之用。但在戰國時代，他們代之以小米和豆類為生。孟子（約前三七二－前二八九）提到只北方部族種黍。這種變化大約主要由於農業生產資料改進之故，例如鐵農具的發明與使用。孟子又說，當時齊魯地區農業種植可以一年兩熟。[31] 比孟子稍後的荀子（約前三一三－前二三八）證實此事。荀子說，在他那時候，好的栽培家，一年可生產兩季作物。[32] 荀子生於現在河北省的南部，但大半時間在山東省工作。近年來直到解放，在山東之南淮河以北習慣於兩年輪種三季作物，季節太短，不能一年種兩季。[33] 二十四節氣是根據戰國時代所觀測到的黃河流域的氣候而定下的。[34] 那時把霜降定在陽曆十月二十四日。現在開封、洛陽（周都）秋天初霜在十一月三日到五日左右。[35] 雨水節，戰國時定在二月二十一日。現在開封和洛陽一帶終霜期在三月二十二日左右。[36] 這樣看來，現在生長季節要比戰國時代短。這一切表明，在戰國時期，氣候比現在溫暖得多。

到了秦朝和前漢（前二二一－二三），氣候繼續溫和。相傳秦呂不韋所編的《呂氏春秋》書中的《任地篇》裏有不少物候資料。清初（一六六〇）張標所著《農丹》書中曾說到《呂氏春秋》云：「冬至後五旬七日菖始生。菖者，百草之先生也。於是始耕。今北方地寒，有冬至後六七旬而蒼蒲未發者矣。」照張標的說法，秦時春初物候要比清初早三個星期。

漢武帝劉徹時（前一四〇－前八十七）司馬遷作《史記》，其中《貨殖列傳》描寫當時經濟作物的地理分佈：「蜀漢江陵千樹橘……陳夏千畝漆，齊魯千畝桑麻，渭川千畝竹。」按橘、漆、竹皆為亞熱帶植物，當時繁殖的地方如橘之在江陵，桑之在齊魯，竹之在渭川，漆之在陳夏，均已在這類植物現時分佈限度的北界或超出北界。一閱今日我國植物分佈圖，便可知司馬遷時亞熱帶植物的北界比現時推向北方。公元前一一〇年，黃河在瓠子決口，為了封堵口子，斬伐了河南淇園的竹子編成為容器以盛石子，來堵塞黃河的決口。[37] 可見那時河南淇園這一帶竹子是很繁茂的。

到東漢時代即公元之初，我國天氣有趨於寒冷的趨勢，有幾次冬天嚴寒，晚春國都洛陽還降霜降雪，凍死不少窮苦人民。但東漢冷期時間不長，當時的天文學家、文學家張衡（七八－一三九）曾著《南都賦》，賦中有「穰橙鄧橘」之句，表明河南省南部橘和柑尚十分普遍。直到三國時代曹操（一五五－二二〇）在銅雀台種橘，只開花而不結果，[38] 氣候已比前述漢武帝時代寒冷。曹操兒子曹丕，在公元二二五年到淮河廣陵（今之淮陰）視察十多萬士兵演習，由於嚴寒，淮河忽然凍結，演習不得不停止。[39] 這是我們所知道的第一次有記載的淮河結冰，那時氣候已比現在寒冷了。這種寒冷氣候繼續下來，每年陰曆四月（等於陽曆五月）降霜，[40] 直到第四世紀前半期達到頂點。在公元三六六年，渤海灣從昌黎到營口連續三年全部冰凍，冰上可以來往車馬及三四千人的軍隊。[41] 徐中舒曾經指出漢晉氣候不同，那時年平均溫度大約比現在低 2℃ —4℃。

南北朝（四二〇－五八九）期間，中國分為南北，以秦嶺和淮河為界。因南北戰爭和北部各族之間的戰爭不斷發生，歷史記載比較貧乏。南朝在南京覆舟山建立冰房是一個有氣候意義的有趣之事。冰房是周代以來各王朝備有的建築，用以保存食物新鮮使其不致腐爛的。南朝以前，國都位於華北黃河流域，冬季建立冰房以儲冰是不成問題的，但南朝都城在建業（今南京），要把南京覆舟山的冰房每年裝起冰來，情形就不同了。問題是冰從何處來？當時黃淮以北是敵人地區，不可能供給冰塊；人工造冰的方法，當時還不可能；如果南京冬季溫度像今天一樣，南京附近的河湖結冰時間就不會長，冰塊不夠厚，不能儲藏。在一九〇六—一九六一年期間，南京正月份平均溫度為 +2.3℃，只有一九三〇年、一九三三年和一九五五年三年降低到 0℃以下。因此，如果南朝時代南京的覆舟山冰房是一個現實，那麼南京在那時的冬天要比現在大約冷 2℃，年平均溫度比現在低 1℃。

大約在公元五三三—五四四年，北朝的賈思勰寫了一本第六世紀時代的農業百科全書《齊民要術》，很注意當時他那地區的物候性質。他說：「凡穀：成熟有早晚，苗稈有高下，收實有多少……順天時，量地利，則用力少而成功多。任情返道，勞而無獲。」[42] 這本書代表了六朝以前中國農業最全面的知識。近來的中國農業家和日本學者都很重視這本書。賈思勰生於山東，他的書是記載華北——黃河以北的農業實踐。根據這本書，陰曆三月（陽曆四月中旬）杏花盛開；陰曆四月初旬（約陽曆五月初旬）棗樹開始生葉，桑花凋謝。如果我們把這種物候記載同黃河流域近來的觀察作一比較，就可認清第六世紀的杏花盛開和棗樹出葉遲了二至四週，與現今北京的物候大致相似。關於石榴樹的栽培，這本書說：「十月中以蒲藁裹而纏之，不裹則凍死也。二月初乃解放。」[43] 現在在河南或山東，石榴樹可在室外生長，冬天無需蓋埋，這就表明六世紀上半葉河南、山東一帶的氣候比現在冷。

第六世紀末至第十世紀初，是隋、唐（五八九－九〇七）統一時代。中國氣候在第七世紀的中期變得和暖，公元六五〇年、六六九年和六七八年的冬季，國都長安無雪、無冰。第八世紀初期，梅樹生長於皇宮。唐玄宗李隆基時（七一二－七五六），妃子江采蘋因其所居種滿梅花，所以稱為梅妃。[44] 第九世紀初期，西安南郊的曲江池還種有梅花。詩人元稹（七七九－八三一）《和樂天秋題曲江》詩，就談到曲江的梅。[45] 與此同時，柑橘也種植於長安。唐朝大詩人杜甫（七一二－七七〇）《病橘》詩，提到李隆基種橘於蓬萊殿。[46] 段成式（？－八六三）《酉陽雜俎》（卷十八）說，天寶十年（七五一）秋，宮內有八株柑樹結實一百五十顆，味與江南蜀道進貢柑橘一樣。唐樂史《楊太真外傳》說得更具體。他說，開元末年江陵進柑橘，李隆基種於蓬萊宮。天寶十年九月結實，宣賜宰臣一百五十多顆。[47] 武宗李瀍在位時（八四一－八四七），宮中還種植柑橘，有一次橘樹結果，武宗叫太監賞賜大臣每人三個橘子。[48] 可見從八世紀初到九世紀中期，長安可種柑橘並能結果實。應該注意到，柑橘只能抵抗 -8℃ 的最低溫度，梅樹只能抵抗 -14℃ 的最低溫度。在一九三一年至一九五〇年期間，西安的年絕對最低溫度每年降到 -8℃ 以下，二十年之中有三年（一九三六年、一九四七年和一九四八年）降到 -14℃ 以下。

梅樹在西安生長不好，就是這個原因，用不着說橘和柑了。

唐滅亡後，中國進入五代十國時代（九〇七－九六〇）。在此動亂時代，沒有甚麼物候材料可以作為依據。直到宋朝（九六〇－一二七九）才統一起來，國都建於河南省開封。宋初詩人林逋（九六七－一〇二八）隱居杭州以詠梅詩而得名。梅花因其一年中開花最早，被推為花中之魁首，但在十一世紀初期，華北已不知有梅樹，其情況與現代相似。梅樹只能在西安和洛陽皇家花園及富家的私人培養園中生存。著名詩人蘇軾（一〇三七－一一〇一）在他的詩中，哀嘆梅在關中消失。蘇軾詠杏花詩有「關中幸無梅，賴汝充鼎和」[49]之句。同時代的王安石（一〇二一－一〇八六）嘲笑北方人常誤認梅為杏，他的詠紅梅詩有「北人初未識，渾作杏花看」[50]之句。從這種物候常識，就可見唐、宋兩朝溫寒的不同。

十二世紀初期，中國氣候加劇轉寒，這時，金人由東北侵入華北代替了遼人，佔據淮河和秦嶺以北地方，以現在的北京為國都。宋朝（南宋）國都遷杭州。公元一一一一年第一次記載江蘇、浙江之間擁有二千二百五十平方公里面積的太湖，不但全部結冰，且冰的堅實足可通車。[51] 寒冷的天氣把太湖洞庭山出了名的柑橘全部凍死。在國都杭州降雪不僅比平常頻繁，而且延到暮春。根據南宋時代的歷史記載，從公元一一三一年到一二六〇年，杭州春節降雪，每十年降雪平均最遲日期是四月九日，比十二世紀以前十年最晚春雪的日期差不多推遲一個月。公元一一五三年至一一五五年，金朝派遣使臣到杭州時，靠近蘇州的運河，冬天常常結冰，船夫不得不經常備鐵錘破冰開路。[52] 公元一一七〇年南宋詩人范成大被派遣到金朝，他在陰曆九月九日即重陽節（陽曆十月二十日）到北京，當時西山遍地皆雪，他賦詩紀念。[53] 蘇州附近的南運河冬天結冰，和北京附近的西山陽曆十月遍地皆雪，這種情況現在極為罕見，但在十二世紀時似為尋常之事。

第十二世紀時，寒冷氣候也流行於華南和中國西南部。荔枝是廣東、廣西、福建南部和四川南部等地廣泛栽培的果樹，是具有很大經濟意義的典型熱帶果實之一。荔枝來源於熱帶，比柑橘更易為寒冷氣候所凍死，它只能抵抗 -4℃左右的最低溫度。一九五五年正月上旬，華東沿海發生一次劇烈寒潮，使浙江柑橘和福建荔枝遭受到很大災害。根據李來榮寫的《關於荔枝、龍眼的研究》一書，福州（北緯26°42′、東經 119°20′）是中國東海岸生長荔枝的北限。那裏的人民至少從唐朝以來就大規模地種植荔枝。一千多年以來，那裏的荔枝曾遭到兩次全部死亡：一次在公元一一一〇年，另一次在公元一一七八年，均在十二世紀。

唐朝詩人張籍（七六五—約八三〇）《成都曲》一詩，詩云：「錦江近西煙水綠，新雨山頭荔枝熟。」[54] 說明當時成都有荔枝。宋蘇軾時候，荔枝只能生於其家鄉眉山（成都以南六十公里）和更南六十公里的樂山，在其詩中及其弟蘇轍的詩中都有所說明。南宋時代，陸游（一一二五—一二一〇）和范成大（一一二六—一一九三）均在四川居住一些時間，對於荔枝的分佈極為注意。從陸游的《老學庵筆記》詩中和范成大所著《吳船錄》書中所言，[55] 第十二世紀，四川眉山已不生荔枝。作為經濟作物，只樂山尚有大木輪圍的老樹。荔枝到四川南部沿長江一帶如宜賓、瀘州才大量種植。現在眉山還能生長荔枝，然非作為經濟作物。蘇東坡公園裏有一株荔枝樹，據說約一百年了。現在眉山市場上的荔枝果，是來自眉山之南的樂山以及更為東南方的瀘州。由此證明，今天的氣候條件更像北宋時代，而比南宋時代溫暖。從杭州春節最後降雪的日期來判斷，杭州在南宋時候（十二世紀），四月份的平均溫度比現在要冷1℃—2℃。

第十二世紀剛結束，杭州的冬天氣溫又開始回暖。在公元一二〇〇年、一二一三年、一二一六年和一二二〇年，杭州無任何的冰和雪。在這時期著名道士丘處機（一一四八－一二二七）曾住在北京長春宮數年，於公元一二二四年寒食節作《春遊》詩云：「清明時節杏花開，萬戶千門日往來。」[56]可知那時北京物候正與北京今日相同。這種溫暖氣候好像繼續到十三世紀的後半葉，這點可從華北竹子的分佈得到證明。隋唐時代，河內（今河南省博愛）、西安和鳳翔（陝西省）設有管理竹園的特別官府衙門，稱為竹監司。南宋初期，只鳳翔府竹監司依然保留，河內和西安的竹監司因無生產取消了。[57]元朝初期（一二六八－一二九二），西安和河內又重新設立「竹監司」的官府衙門，就是氣候轉暖的結果。但經歷了一個短時間又被停止，[58]只有鳳翔的竹類種植繼續到明代初期才停。[59]這一段竹的種植史，表明十四世紀以後即明初以後，竹子在黃河以北不再作為經濟林木而培植了。

十三世紀初和中期比較溫暖的期間是短暫的，不久，冬季又嚴寒了。根據江蘇丹陽人郭天錫日記，公元一三〇九年正月初，他由無錫沿運河乘船回家途中運河結冰，不得不離船上岸。[60]公元一三二九年和一三五三年，太湖結冰，厚達數尺，人可在冰上走，橘盡凍死。這是太湖結冰記載的第二次和第三次。[61]蒙古族詩人迺賢（一三〇九－一三五二）的詩集中，有一首詩描述一三五一年山東省白茅黃河堤岸的修補和同年陽曆十一月冰塊順着黃河漂流而下，以致干擾修補工作。[62]黃河流域水利站近年記載表明，河南和山東到十二月時，河中才出現冰塊。可見迺賢時黃河初冬冰塊出現要比現在早一個月。

迺賢居住北京數年，在他的關於家燕的一首詩中，[63] 慨嘆家燕不過是一個暫時的過客，「三月盡（陽曆四月末）方至，甫立秋（陽曆八月六至七日）即去」，停留那樣短的時間，同現在的物候記載相比來去各短一週。從上述的物候看來，十四世紀又比十三世紀和現時為冷。第十三、十四世紀時期，我國物候的變遷和日本櫻花物候又是相符合的。

氣候的寒溫也可以從高山頂上的雪線高低來斷定。氣候冷，雪線就要降低。在十二、十三世紀時，我國西北天山的雪線似乎比現在低些。《長春真人西遊記》記述丘處機應成吉思汗邀請，由山東經內蒙古、新疆到撒馬爾罕，於公元一二二一年十月八日（陽曆）路過三台村附近的賽里木湖。丘處機在遊記中說：「大池方圓幾二百里，雪峰環之，倒影池中，名之曰天池。」[64] 這個湖的海拔高度是二千零七十三米，而圍繞湖的最高峰大約再高出一千五百米。作者於一九五八年九月十四日和十六日兩次途經賽里木湖時，直至山頂並無積雪。當前，天山這部份雪線位於三千七百米至四千二百米之間。考慮到丘過這個地方時的季節，如山頂已被終年雪線所蓋，則當時雪線大約比現在較低二百米到三百米。中國地貌工作者，近年來在天山東段海拔三千六百五十米高處，發現完全沒有被侵蝕、看來好像是最近新留下來的終磧石。這可能是第十二世紀到十八世紀的寒冷時代所遺留，即西歐人所謂的現代「小冰期」。中國十二、十三世紀（南宋時代）的這個寒冷期，似乎預見歐洲將要在下一兩個世紀出現寒冷。依據布欽斯基（Y.E. Бучинский）的研究，在歐洲部份的俄羅斯平原，寒冷期約在公元一三五〇年開始；在歐洲中部的德意志、奧地利地區，弗隆（H. Flohn）以為公元一四二九年到一四六五年是氣候顯然惡化的開始；在英格蘭，拉姆（H.H. Lamb）以為公元一四三〇年、一五五〇年和一五九〇年英國饑荒，都因天氣寒冷所致。由此可見，中國的寒冷時期，雖未必與歐洲一致、同始同終，但仍然休戚相關。可能寒冷的潮流開始於東亞，而逐漸向西移往西歐。

方志時期（一四〇〇—一九〇〇）的中國氣候[65]

到了明朝（一三六八—一六四四）即十四世紀以後，由於各種詩文、史書、日記、遊記的大量出版，物候的材料散見各處，即使搜集很少一部份已非一人精力所能及。幸而此種材料大多收集在各省、各縣編修的地方志中。我國地方志有五千多種。這些地方志，除儀器測定的氣候記錄外，對於一個地區的氣候提供了很可靠的歷史資料。

各種氣候天災中，我們以異常的嚴冬作為判斷一個時期的氣候標準。如平常年裏不結冰的河湖結了冰，這是異常的事情。全世界在熱帶的平原上是看不到冰和雪的，一旦熱帶平原冬天下雪結冰，這也是異常的事情。本節所討論的就是這兩種異常氣候的出現。中國三個最大的淡水湖是，鄱陽湖面積為五千一百平方公里，洞庭湖為四千三百平方公里，太湖為三千二百平方公里。這三個湖均與長江相連。鄱陽湖和洞庭湖位於北緯 29° 左右，太湖位於北緯 31°—31°30′ 之間。對於河流冰凍，我們以江蘇省盱眙的淮河和湖北省襄陽的漢水為標準。南京地理研究所徐近之曾經根據這些河湖周圍地區的方志作了長江流域河湖結冰年代的統計和近海平面的熱帶地區降雪落霜年數的統計，兩種統計一共用了六百六十五種方志。對於熱帶地區的降雪只參考了廣東省和廣西壯族自治區的方志，雲南熱帶地區因海拔太高不包括在內。

五百年（一四〇〇—一九〇〇）中我國的寒冷年數不是均等分佈的，而是分組排列。溫暖冬季是在公元一五五〇—一六〇〇年和一七七〇—一八三〇年間。寒冷冬季是在公元一四七〇—一五二〇年、一六二〇—一七二〇年和一八四〇—一八九〇年間。以世紀分，則以十七世紀為最冷，共十四個嚴寒冬天；十九世紀次之，共有十個嚴寒冬天。

上面我們只談到十五世紀到十九世紀期間冬季的相對寒冷，下面準備說一下這段期間的氣候變化對於人類和動植物的影響。在這個期間，有一件事似乎是很清楚的，即這個五百年（一四〇〇—一九〇〇）的最溫暖期間內，氣候也沒有達到漢、唐期間的溫暖。漢、唐時期，梅樹生長遍布於黃河流域。在黃河流域的很多方志中，有若干地方的名稱是為了紀念以前那裏曾有梅樹而命名的。例如陝西鄜縣（北緯 36°、東經 109°20′）西北三十餘里有梅柯嶺，因唐時有梅樹故名。[66] 山東平度（北緯 36°48′、東經 119°54′）的州北七里有一小山，稱為荊坡，據說曾種了滿山梅樹。[67] 目前鄜州、平度均無梅。河南鄭州（北緯 34°50′、東經 113°40′）西南三十里有梅山，高數十仞，周數里，聞往時多梅花故名。[68] 現已無梅。解放後，鄭州市人民政府在鄭州人民公園栽種梅樹已獲得成功。鄭州在一九五一年至一九五九年期間，每年絕對最低溫度在 -14℃以上，可以說是目前梅樹的最北極限。

在這五百年間，我國最寒冷期間是在十七世紀，特別以公元一六五〇—一七〇〇年為最冷。例如唐朝以來每年向政府進貢的江西省橘園和柑園，在公元一六五四年和一六七六年的兩次寒潮中，完全毀滅了。[69] 在這五十年期間，太湖、漢水和淮河均結冰四次，洞庭湖也結冰三次。鄱陽湖面積廣大，位置靠南，也曾經結了冰。我國的熱帶地區，在這半世紀中，雪冰也極為頻繁。

在這五百年間，我國物候材料浩繁，非本文所能總結。為了與十四世紀以前的物候材料作比較，這裏只選擇最冷的十七世紀的兩種筆記中所見的物候材料加以論述。一種是《袁小修日記》，[70] 明萬曆三十六年至四十五年（一六〇八—一六一七）間，袁小修留居湖北沙市附近的日記；另一種是清杭州人談遷著的《北遊錄》，[71] 敘述公元一六五三年至一六五五年三年間在北京的所見所聞。這兩本書，詳細記載了桃、杏、丁香、海棠等春初開花的日期。從這兩個人的記載，我們可以算出袁小修時的春初物候與今日武昌物候相比要遲七天到十天；談遷所記北京物候與今日北京物候相比也要遲一兩個星期。更可注意的是，十七世紀中葉，天津運河冰凍時期遠較今日為長。公元一六五三年，談遷從杭州來北京，於陽曆十一月十八日到達天津時，運河已冰凍；到十一月二十日，河冰更堅，只得乘車到北京。公元一六五六年，陽曆三月五日，談遷由京啟程返杭時，北京運河開始解凍。根據談遷的記述，可知當時運河封凍期一年中共有一百零七天之久。水利電力部水文研究所整理了一九三〇年至一九四九年天津附近楊柳青站所做的記錄，這二十年間，運河冰凍平均每年只有五十六天，即封凍平均日期為十二月二十六日，開河平均日期為二月二十日。而據談遷《北遊錄》所說，那時北京運河開河日期是在驚蟄，即陽曆三月六日，比現在要遲十二天。從物候的遲早，可以算出兩個時間溫度的差別，據物候學上「生物氣候學定律」：春初，在溫帶大陸東部，緯度差一度或高度差一百米則物候差四天，這樣就可從等溫線圖中標出北京在十七世紀中葉冬季要比現在冷2°C之譜。

註釋

1 本文原載於《東方雜誌》一九二五年第二十二卷第三期，有刪節。

2 雨災統計見《古今圖書集成・曆象彙編・庶徵典》卷七十六至七十九，旱災統計見《庶徵典》卷八十六至九十二。

3 見劉獻廷《廣陽雜記》卷四。

4 見王炳燇《治黃芻議》。

5 水災統計見《庶徵典》卷一百二十四至一百三十二。

6 美國人亨廷敦（E. Huntington）於二十世紀初兩度至我國新疆，認為該地在兩漢時期雨量較為充足，自東晉（四世紀）以迄唐代，雨量驟減，至北宋（十世紀）及元代末葉（十四世紀）雨量又略增進，在南宋（十一世紀）及明代中葉（十五世紀）雨量又復減少。

7 Alexander Hosie 曾搜集我國歷史上所載日中黑子之數列為表，登 *Quarterly Journal of Royal Asiatic Society*，但其中略有謬誤，如表中十四世紀日中黑子只有一次，而依《明史》則有九次。

8 P. Hoang, 1910, Concordance des Chronologies Nomniques Chinoise et Europenne, Shanghai，表中陽曆凡明神宗萬曆十年（一五八二）以前均照儒略曆（Julian Calender），明萬曆十年以後始照格里高里曆（Gregory Calender），故欲與現時陽曆相比較，南宋時之陽曆均須增加七天。

9 J. de Moidrey, 1904, Notes on *The Climate of Shanghai*, Zikewei.

10 本文於一九二四年七月三日在科學社南京年會宣讀，刊載於《科學》一九二五年第十卷第二期，有刪節。

11 見《宋史》卷六十二《五行志》第十五。

12 依日本中央觀象台出版之日本氣候表。

13 見日本氣候表。

14 見竺可楨《天象學》表2，「百科小叢書」第一種。

15 我國風暴所取之途徑參見竺可楨《氣象學》圖19。

16 我國風暴秋少春多，故風暴南下於春季影響尤大。

17 本文選自《東南季風與中國之雨量》，刊載於《中國現代科學論著叢刊》——氣象學（一九一九—一九四九），一九五四年科學出版社出版。

18 日本安永己亥沙門玄韻重鐫，沙門法顯自記遊天竺事，公元一八八五年英國牛津大學校印書局刊第三十六章至第四十二章。

19 宋，桂林通判，永嘉，周去非著《知不足齋書》卷三，「航行外夷」條下。

20 見漢應劭著《古今逸史》全一本。

21 本文原載於《考古學報》一九七二年第一期。此處根據作者修改後的刊本，節錄「前言」與「結論」，有刪節。

22 原文有「一千七百年來世界溫度波動趨勢圖」，此處略去——編者。

23 表略——編者。

24 本文選自《中國近五千年來氣候變遷的初步研究》，《考古學報》一九七二年第一期，有刪節。題目為編者所加。

25 本文選自《中國近五千年來氣候變遷的初步研究》，《考古學報》一九七二年第一期，有刪節。題目為編者所加。

26 《左傳》襄公九年「晉侯問於士弱曰：吾聞之宋災，於是乎知有天道，何故？對曰：古之火正，或食於心，或食於咮，以出內火。是故咮為鶉火，心為大火。陶唐氏之火正閼伯，居商丘，祀大火，而火紀時焉。相土因之，故商主大火」。見《春秋左傳正義》。

27 《左傳》昭公十七年：「秋，郯子來朝，公與之宴。昭子問焉，曰：『少皞氏鳥名官，何故也？』郯子曰：『吾祖也……我高祖少皞，摯之立也，鳳鳥適至，故紀於鳥，為鳥師而鳥名。鳳鳥氏，曆正也；玄鳥氏，司分者也；伯趙氏，司至者也。』」見《春秋左傳正義》。

28 有人以為「周正建子」應與今日陽曆相差二個月，但「周正建子」不過是傳統的說法。據《豳風》「七月流火」，大火星的位置加以歲差計算，和春秋時日蝕的推算，可以決定周初到春秋初期的曆是建丑，而不是建子。參看宋王應麟《困學紀聞》下冊第533—534頁，一九三七年世界書局版。

29 《春秋》桓公十四年「春正月無冰」；魯成公元年「春二月無冰」；魯襄公二十八年「春無冰」。

30 根據陝西武功西北農學院辛樹幟等同志的調查。關於本文中西安武功一帶物候材料，全係西北農學院同志所供給，特此致謝。

31 《孟子·告子上》：「今夫麰麥……至於日至之時，皆熟矣。雖有不同，則地有肥磽，雨露之養，人事之不齊也。」並參閱潘鴻聲、楊超伯《戰國時代的六國農業生產》、《農史研究集刊》第二冊第 59 頁，一九六〇年科學出版社出版。

32 《荀子·富國篇》：「今是土之生五穀也，人善治之，則畝數盆，一歲而再獲之。」見王先謙《荀子集解》，一九三六年商務印書館。

33 根據江蘇省一九六四年氣象資料。

34 根據清劉獻廷《廣陽雜記》卷三。

35 根據中國科學院地理研究所一九六二年資料。

36 根據中央氣象局研究所一九五五年資料。按戰國時代原來所定二十四節氣，雨水在驚蟄之後；到前漢才把雨水移到驚蟄之前。但無論如何，目前終雪總在戰國時代雨水節之後。漢改雨水、驚蟄先後，見宋王應麟《困學紀聞》第 284 頁。

37 見《史記·河渠書》。

38 唐李德裕（七八七—八四九）《瑞橘賦·序》「昔漢武致石榴於異國，靈根遐布……魏武植朱於銅雀，華，實莫就」云云，見《李文饒文集》卷二十。

39 見《三國志·魏書·文帝紀》：黃初六年（二二五）「冬十月，行幸廣陵故城，臨江觀兵，戎卒十餘萬，旌旗數百里。是歲大寒，水道冰，舟不得入江，乃引還」。

40 見《晉書·五行志》下，並參看《古今圖書集成·曆象彙編·庶徵典》卷一〇三至一〇六。

41 見司馬光《資治通鑑》卷九十五，晉成帝咸康二年紀事。

42 見《齊民要術．種穀》第6頁，參見《齊民要術今釋》第一分冊第30頁，一九五八年科學出版社出版。

43 見《齊民要術．種安石榴》第57頁，參見《齊民要術今釋》第二分冊第270頁，一九五八年科學出版社出版。

44 見唐曹鄴《梅妃傳》、《説郛》卷三十八。

45 《元微之長慶集》卷六《和樂天秋題曲江》詩云：「十載定交契，七年鎮相隨。長安最多處，正是曲江池。梅杏春尚小，菱荷秋亦衰……」並見《全唐詩》卷四〇一。

46 見清仇兆鰲《杜少陵集詳註》卷十。

47 見唐樂史《楊太真外傳》、《説郛》卷三十八。

48 見唐李德裕《瑞橘賦．序》、《李文饒文集》卷二十。

49 見《蘇東坡集》第四冊第86頁《杏》，商務印書館「國學基本叢書」本。

50 見《王荊文公詩》卷四十《紅梅》，並參閱宋李壁《王荊文公詩箋註》，一九五八年中華書局版。

51 見元陸友仁《硯北雜志》卷上、《寶顏堂秘笈》普集第八。

52 金蔡珪《撞冰行》：「船頭傅鐵橫長錐，十十五五張黃旗。百夫袖手略無用，舟過理棹徐徐歸。吳儂笑向吾曹説：『昔歲江行苦風雪，揚錘啟路夜撞冰，手皮半逐冰皮裂。』今年窮臘波溶溶，安流東下閒篙工。江東賈客借餘潤，貞元使者如春風。」見金元好問編《中州集》卷一，一九六二年中華書局版。

53 《范石湖集》卷十二《燕賓館》詩自註：「至是適以重陽……西望諸山皆縞，雲初六日大雪。」

54 見《全唐詩》卷三八二。按宋陸游《老學庵筆記》卷五云：「張文昌《成都曲》云：『錦江近西煙水綠，新雨山頭荔枝熟。萬里橋邊多酒家，遊人愛向誰家宿。』此未嘗至成都者也。成都無山亦無荔枝。蘇黃門詩云：『蜀中荔枝出嘉州，其餘及眉半有不。』」陸游只知道宋時成都無荔枝，但並不能證明唐代成都也無荔枝。

55 參見陸游《老學庵筆記》和范成大《吳船錄》。

56 元李志常撰《長春真人西遊記》卷一第38頁，見「榕園叢書」本。

57 宋樂史《太平寰宇記》卷三十，「鳳翔府・司竹監」條：「又按漢官有司竹長丞，魏晉河內園竹各置司宇之官。江左省，後魏有司竹都尉。北齊後周俱闕。隋有司竹監及丞，唐因之，在京北、鄠、盩厔、懷州、河內。皇朝唯有鄠、盩厔一監，屬鳳翔。」

58 《元史・食貨志》：至元二十九年（一二九二）「懷（慶）、孟（津）竹課，頻年斫伐已損，課無所出」云云。

59 見陝西《盩厔縣志・古蹟》，清乾隆時修。

60 元《郭天錫日記》，浙江省圖書館有手錄稿，僅存公元一三〇九年冬天兩個月的日記。見《知不足齋叢書》第一集。

61 見元陸友仁《硯北雜志》卷上。

62 元迺賢《金台集》（見《誦芬室所刊書》）集二，《新隄謠》記述至正十一年（一三五一）河決白茅，汜濫千餘里，人民流離失所慘況，乃作此歌。中有「大臣雜議拜都水，設官開府臨青徐，分監來時當十月，河冰塞川天雨雪，調夫十萬築新堤，手足血流肌肉裂，監官號令如雷風，天寒日短難為功」云云。

63 見《京城燕》詩，自註云：「京城燕子，三月盡方至，甫立秋即去。」並見陳衍輯《元詩紀事》卷十八。

64 元李志常撰《長春真人西遊記》卷一第16頁，見「榕園叢書」本。

65 本文選自《中國近五千年來氣候變遷的初步研究》，《考古學報》一九七二年第一期，有刪節。題目為編者所加。

66 見《鄜州志・山川》，清道光時修。

67 見《萊州府志・山川》，清乾隆時修；並見《平度州志・山川》，清道光時修。

68 見《鄭州志・輿地志》「山川」條。

69 見葉夢珠編《閱世編》，載葉靜淵《中國農學遺產選集》上編第45頁，四類第十四種「柑橘」。

70 袁中道《袁小修日記》，一九三五年上海雜誌公司重印。

71 談遷《北遊錄》，一九六〇年中華書局版。

三 順應天時

順天時，救民疾[1]

在埃及、印度、希臘、中國歷史上，天文學知識之應用與發展，均可溯至遠古。蓋在北緯 30° 左右，無論人民之職業為漁獵、遊牧或農耕，若不知一歲中寒暑雨陽之循環，則衣食住行均將發生問題。《詩．豳風》：「七月流火，九月授衣，一之日觱發，二之日栗烈，無衣無褐，何以卒歲。」此我國古代以天文知識而定授衣季節之證。詩《鄘風》：「定之方中，作於楚宮，揆之以日，作於楚室。」按定即今二十八宿中營室與東壁二宿，在周代於秋季黃昏後，正當南中，時農事已畢，正可有暇從事於土木也。《左傳》：「天根見而成梁。」《國語》：「天根見而水涸。」天根氏也，在春秋戰國時代於秋分左右黃昏時東升故云，至於五穀之種植收穫，在古代尤須依賴天象。《史記》卷一百三十云：「夫陰陽四時八位十二度二十四節，各有教令，順之者昌，逆之者不死則亡，未必然也。故曰使人拘而多畏。夫春生、夏長、秋收、冬藏，此天道之大經也。弗順則無以為天下之綱紀，故四時之大順，不可失也。」我國古代，以春季黃昏大火即心宿二之東升，為一年中大典。《周禮夏官》：「季春火星始見，出之以宣其氣；季秋火星始伏，納之以息其氣。」《左傳》昭公十七年：「梓慎曰，火出於夏為三月，於商為四月，於周為五月。」《公羊傳》昭公十七年：「大辰者何，大火也。大火為大辰，伐為大辰，北極亦為大辰。」何休註云：「大火為心星，伐為參星，大火與伐所以示民時之早晚」云云。從《史記》、《曆書》更可以知古代設專官以司大火之見與伏，《史記》卷二十六太史公曰：「少皞氏之衰也，九黎亂德，民神雜擾，不可放物，禍災薦至，莫盡其氣。顓頊受之，乃命南正重司天以屬神，火正黎司地以屬民。」《左傳》亦有：「古之火正，謂火官也……火以順天時，救民疾。」綜上所述，足知古代人民之蘄求天文知識實由於需要迫切，猶之饑之求食、渴之求飲，自曆法釐定、曆書通行以後，一般人之天文知識乃反因以沒落矣。西方古代民族，雖其環境不同於我國，然其渴求星象之知識，一如我國周秦以前之狀態。埃及金字塔之建造，即與星象有關。埃及以參為大辰，農事之作息，以參之見伏為依歸。尼羅河之洪流適與古代天狼星之晨升季候相合，在陽曆夏至前後，故在埃及天狼晨升為重要之節候。《印度天文學》之開端，亦在邃古。我國有二十八宿，印度亦有二十八宿，即埃及、波斯、阿拉伯亦有二十八宿。

中國之節氣 2

四季之遞嬗，中國知之極早，二至、二分，已見於《尚書．堯典》，即今日之春分、秋分、夏至、冬至是也。降及戰國、秦、漢之間，遂有二十四節氣之名目。所謂二十四節氣者，即立春、雨水、驚蟄、春分、清明、穀雨、立夏、小滿、芒種、夏至、小暑、大暑、立秋、處暑、白露、秋分、寒露、霜降、立冬、小雪、大雪、冬至、小寒、大寒是也。自立春至立夏為春，自立夏至立秋為夏，自立秋至立冬為秋，自立冬至立春為冬，每季分三氣、三節，每月定一氣、一節。四季之安排，法莫善於此者，此所以宋儒沈括讚揚之於先，而今日氣象學家泰斗英人肖納伯（Napier Shaw）氏且提倡歐美之採用此法也。

二十四節氣全部之名稱，始見於《淮南子．天文篇》。《汲塚周書．時訓解》雖亦有二十四節氣之名，唯後儒王應麟等均疑此書為東漢人偽託，非周公之舊。此外《大戴禮記．夏小正》已有啟蟄、雨水等名稱，《國語》楚范無宇曰：「處暑之既至，韋昭注七月也。」《管子》亦有清明、大暑、小暑、始寒、大寒之語，特古曆驚蟄在雨水之前，穀雨在清明之前。《左傳》桓公五年啟蟄而郊，注蟄夏正建寅之月。鄭康成《月令註》亦曰：「《夏小正》正月啟蟄，至漢初仍以啟蟄為正月氣，後因避景帝諱而改名驚蟄，故漢初驚蟄猶在雨水之前。」驚蟄、雨水及穀雨、清明之倒置，邢昺謂始於劉歆之三統曆，顧寧人則謂始於《李梵編訴》之四分曆；[3]《淮南子》與《逸周書》均已先雨水而後驚蟄；至新、舊《唐書》，則又先驚蟄後雨水；至《宋史》始，雨水在前，驚蟄在後。

中國古代之月令[4]

月令氣候詳於《夏小正》、《呂覽》、《禮記》及《淮南子》諸書，雖互有出入，唯均以月為主，如孟春之蟄蟲始振，仲春之桃始花是也。《逸周書．時訓解》始以五日為一候，分年為七十二候，乃不以月而以節氣為標準。如立春之日，東風解凍；又五日，蟄蟲始振；又五日，魚上冰；雨水之日，獺祭魚；又五日，鴻雁來；又五日，草木萌動。驚蟄之日，桃始花；又五日，倉庚鳴；又五日，鷹化為鳩；春分之日，玄鳥至；又五日，雷乃發聲；又五日，始電等。北魏時始以七十二候頒為時令，考《魏書》所載「立春三候，雞始乳，東風解凍，蟄蟲始振；雨水三候，魚上冰，獺祭魚，鴻雁來；驚蟄三候，始雨水，桃始花，倉庚鳴；春分三候，鷹化為鳩，玄鳥至，雷乃發聲」等，則較《夏小正》、《月令》、《逸周書》遲一候或數候。以桃始花而論，《周書》以為驚蟄初候，《魏書》則以為驚蟄次候，而《夏小正》則在孟春之月，又《魏書》以電始見，蟄蟲咸動，蟄蟲啟戶，為清明之三候，而《月令》則在仲春之月。此分候之先後，以取制之不同，抑因地域、氣候之有變遷，實有俟於考證。《隋書志》同《魏書》、《唐書志》[5]所載分候，則係開元時一行所定之大衍術，多從《逸周書》。《宋史志》同《元史志》微有更動，自元及清，通書所載，類皆因襲無異也。經史而外，古人之記錄物候者，代有其人，如崔實之《四民月令》、婁元禮之《田家紀曆撮要》、梁章鉅之《農候雜占》、程羽文之《花曆》等不可枚舉，但古人所記，大抵因襲經、史或指一地一時而言，其能別緯度南北、地形高下、時代先後者蓋鮮。唐宋之間《寒食陸渾別業》詩：「洛陽城裏花如雪，陸渾山中今始發。」又白樂天遊大林寺詩：「人間四月芳菲盡，山寺桃花始盛開。」此則言地形高下之別也。北宋沈括《夢溪筆談》謂「土氣有早晚，天時有愆伏……嶺嶠微草，凌冬不凋，並汾喬木，望秋先隕，諸越則桃李冬實，朔漠則桃李夏榮，此地氣之不同也」。[6]明謝在杭則謂「閩距京師七千餘里，閩以正月桃花開，而京師以三月桃花開，氣候相去兩月有餘，然則自閩而更南，自燕而更北，氣候差殊，復何紀極」，[7]此則言緯度南北之分也。陸放翁《老學庵筆記》引杜子美雨詩云：「南京犀浦道，四月熟黃梅。湛湛長江水，冥冥細雨來。芳茨疏易濕，雲霧密難開。竟日蛟龍喜，盤渦與岸回。」蓋成都所賦也。今成都乃未嘗有梅雨，唯秋半積陰氣之蒸溽，與吳中梅雨時相類耳，豈古今地氣有不同耶？[8]元金履祥根據《禮記．月令》疑古者陽氣獨盛，啟蟄獨早，[9]此則指各時代氣候月令之有變遷也。但古代搜集各地各時代物候之富，當推清代之劉延獻、全祖望《劉繼莊傳》，曰「諸方七十二候，各各不同，如嶺南之梅，十月已開，桃李臘月已開，而吳下梅開於驚蟄，桃李開於清明，相去若是之殊，今世所傳七十二候，本諸月令，乃七國時中原之氣候，今之中原已與七國之中原不合，則曆差為之。今於南北諸方，細考其氣候，取其核者，詳載之為一，傳之後世，則天地相應之變遷，可以求其微矣」云云。[10]借乎繼莊之書，除《廣陽雜記》而外，均不傳於世，而其對於月令氣候之研究，今亦無可考矣。

月離於畢俾滂沱兮[11]

《詩．小雅》「月離於畢俾滂沱兮」，其說頗費解。西人愛特根著《中國天文學與星占學起源於巴比倫》一文，其重要理由之一，即謂西方畢（Hyades）為雨神，以其在巴比倫、埃及一帶。五千年前春分前後大雨降臨，正值畢宿朝覿之時。而中國之大雨滂沱與畢宿有何關係，百思不得其解，故以為此種傳說，中國乃得諸西方。同時金斯米爾亦認為畢為雨兆，在中國為不可理解之事。同時箕星好風，亦為數千年來之謎。其說源於《書經．洪範》：「庶民唯星，星有好風，星有好雨，日月之行，則有冬夏，月之從星，則有風雨。」自兩漢以來，陰陽五行之毒深中人心，故一切天象氣候之循環交替，悉以玄妙不可通之術語解釋之。《前漢書》卷二十六《天文志》：「箕星為風，東北之星也……月去中道，移而東北入於箕……則多風。西方為雨，雨少陰之位也。月失中道移而西入畢則多雨。」《詩經》所言天象，均係農夫、村婦口吻歌詠粗淺之謠諺，如「三星在戶」、「七月流火」之類。一經後儒解釋，望文生義，乃糾纏不清矣。薛萊格《星辰考源》第522頁謂箕星好風，非箕好風，乃箕為風兆也。因引天元曆理「古人觀象以立法，後人為法以求像」之語，[12] 真可謂切中肯綮矣。但薛萊格解釋畢為雨兆，箕為風兆亦不得要領，因氏以我國與西方同以星之朝覿為標準。不知《洪範》明明謂：「月之從星，則以風雨。」而《詩經》謂：「月離於畢」，月乃望月非新月也。離作麗解，即《管子．五行篇》「經緯星曆，以視其離」之意也。實際箕星好風、畢星好雨之理，乃我國古代秋初月望時，月在畢，春分月望時；月在箕，而春月多風、秋初多雨之故。按畢之赤經現時為4時23分，故小雪月望在畢，六千餘年前，處暑月望在畢矣。箕之赤經現為十八小時，夏至月望在箕，六千餘年前，春分月望在箕矣。我國大雨時期，長江流域在陽曆九月，黃河下游在七月，而陝西、山西則在八月，即秋初。至於風力，則全國均以春分前後為最大。我國古代人民對於風雨之時期，知之甚稔，《呂覽》卷十九《貴信篇》云：「天行不信，不能成歲；地行不信，草木不大。春之德風，風不信，其花不盛。夏之德暑，暑不信，其土不肥。秋之德雨，雨不信，其穀不堅。冬之德寒，寒不信，其地不剛。」《周禮》卷六《春官宗伯下》：「馮相氏掌十有二歲，十有二月，十有二辰，十日，二十有八星之位。辨其敘事，以會天位。冬夏致日、春秋致月，以辨四時之敘。」則所謂箕風、畢雨者，豈非春秋致月之謂乎？

談陽曆和陰曆的合理化 13

梁思成先生在九月二十三日的《人民日報》上提出一個合理化建議，要把現用案頭日曆上的節氣如立春、立秋等從下半頁移到上半頁去，這倒是一個可以商討的問題。

思成先生說做日曆的人這樣把節氣放在下半頁，是有點「故弄玄虛」，對這點我是有不同意見的。據我個人推想，日曆上之所以這樣安排，無非是一種傳統的習慣。譬如今天是10月30日，日曆上面是「—1963—，十月大，30，星期三」，這統是西洋曆法傳進來的數據，可說是新曆。下面是「癸卯年，十四（日），九月大，九月二十三立冬」，這統是中國固有的東西，是舊曆。我們要知道，中國舊曆是一個陰陽並用曆，不是純粹的陰曆。西洋人只知有夏至、冬至、春分、秋分，沒有立春、立秋、寒露、霜降等名目。因為他們根本不知道有所謂二十四節氣。從公元前四六年，羅馬愷撒建立陽曆以來，除稍改動外，西洋各國應用已達二千年之外，一年中春、夏、秋、冬四季統以太陽為轉移，所以西洋也沒有二十四節氣的需要。只有我們舊曆以陰曆為主，所以才有附設二十四節氣的必要，以使農民及時地知道清明下種、穀雨栽秧，所以日曆如此安排並不是故弄玄虛。

為了進一步商討，我們不能不簡單地談一談新曆和舊曆的發展過程。

從曆法的發展史來看，所有古老文化的國家如埃及、巴比倫、印度、希臘、羅馬和我國，最初統是用陰曆的。因為月亮的盈虧朔望週期非常明顯，所以把二十九天或三十天稱為一個月，把十二個月稱為一年，便成為古老國家最初的年曆。但是陰曆一月之長，即月亮繞地球週期約為二十九天半；而太陽年一年之長，即地球繞日的週期約為三百六十五天又四分之一日。如以十二個月為一年，只有三百五十四天或者三百五十五天，與太陽年相差幾乎十一天。過十多年，就有六月降霜下雪、臘月揮扇出汗、冬夏倒置的毛病。古代國家農業慢慢地發展以後，就發現純粹用陰曆曆法、月份和春、夏、秋、冬四季，農業節候配合不上，為了解決這陰、陽曆的矛盾，古代有兩種辦法：一種辦法是放棄陰曆月亮盈虧作為計算月份方法，而以太陽回歸年即三百六十五又四分之一天為一年，把年分為十二個月，平年三百六十五天，閏年三百六十六天，四年一閏。這是公元前四六年西洋羅馬所採取的辦法。另一辦法是找出陽曆年的日數和陰曆月的日數兩者之間的最小公倍數，這就是我國古代顓頊曆的十九年七閏的辦法。因為陰曆的二百三十五個月的日數卻等於十九個陽曆年的日數。據日本天文學家新城新藏的考據，十九年七閏的辦法是我國春秋時代已經應用的。我們古代從早的顓頊曆以及漢朝太初曆、四分曆統是依照此法安排的。但這一安排雖可以調和陰陽曆，不至於冬夏倒置，但平年三百五十四天，閏年三百八十四天，一年中節氣仍然可以相差一個月，對於農業操作安排上仍然不夠精密，所以到了戰國末年又建立二十四節氣，和陰曆相輔而行。到了東漢時代又發現一節一氣尚有十五天多的間隔，才又創立一年七十二候。這是我們舊曆發展的經過。現在思成先生所提出的問題是：二十四節氣是陽曆不應該掛到陰曆的賬上去。但從曆法的發展看，恰恰是我們舊曆是陰曆才有把節氣註明的必要。照思成先生的建議，可以避免一般人以二十四節氣為陰曆的誤會，但卻有把舊曆和新曆混淆不清的缺點。

從思成先生對於日曆的合理化建議，我們可以進一步來問，我們舊曆既已過時，為甚麼不直截了當完全用新曆即西洋現行的格里高里（Gregory）曆法呢？困難在於舊曆在我國已應用了二千四五百年。首先，我國佔人口大多數的農民有了二十四節氣已能初步把握農時，沒有不便的感覺。在這點上思成先生的建議可以起一定作用，使農民慢慢地了解現行新曆比舊曆的優點。其次，人民群眾從幼年時代朝夕所企望而富有詩意的節日如除夕、春節、上元燈、寒食踏青、端午龍舟、中秋賞月、重九登高等一旦廢除，不免可惜。三則各種宗教如佛教、喇嘛教、伊斯蘭教等重要紀念日也是用陰曆來計的。四則潮水的漲落是跟陰曆為進退的，所以從事漁業和海洋航業的人，陰曆還是有用。最後，現用陽曆也不是盡善盡美，為了合理化，有徹底改革曆法的需要。

新曆即現行陽曆的缺點在哪裏呢？有人以為格里高里曆是純粹陽曆，其實不然。它和我們舊曆一樣也是陰陽曆並用，不過以陽曆為主罷了。在我們日曆上如今天10月30日便寫着「十月大，30，星期三」。這星期三就是從陰曆來的。以七天為期的禮拜是與太陽毫不相干的。古代猶太人從新月初上起就數到七天、十四天、二十一天和二十八天，作為四個週，並要每週休息一天。七天一禮拜制從猶太逐漸分佈到基督教和伊斯蘭教各國，在現行格里高里曆裏，星期仍是一個重要組成部份。

格里高里曆最不合理的地方就是這七天為一週的星期。因為七既不能把一個月的數字三十或三十一除盡，也不能把一年的天數三百六十五或三百六十六除出一個整數。陽曆年平年有五十二個星期多一天，閏年多兩天。這樣月份牌得每年改印，甚至影響工廠、學校和機關作息時間的安排。若是改成十天為一週或六天、五天為一週，那就便當多了。更可怪的是舊曆雖是陰曆，但我們節氣如清明、穀雨卻是陽曆。而西洋的若干節氣如所謂外國清明（耶穌復活節），因為宗教傳統的關係，反而用陰曆。

新曆月份大小的安排和月份稱呼也是不合理的。在六月以前單月月大、雙月月小，七月以後又是單月月小、雙月月大，容易引起混亂。同時一月份有三十一天，而平年二月份只二十八天，相差三天之多，工廠發工資、計房租，各月平均計算就顯得不公平。在統計上，如氣象學上計算各月的雨量，一月份和二月份就不能同樣看待。目前西洋月名的稱呼，從九月至十二月，無論英、德、法、俄各國文字均屬名不副實。所以如此種種不合理的原因，統是由西洋歷史上傳統的習慣所遺留下來的。在羅馬愷撒皇朝以前，羅馬曆法原來用的是陰曆，一年十二個月，月大和月小間隔着。月的名稱也是五月、六月、七月、八月和中國一樣依次排列，但曆法極為混亂。十八世紀法國文學家伏爾泰曾說：「羅馬的將軍們常在疆場上打勝仗，但是他們自己也搞不清楚許多勝仗是哪一天的。」待公元前四六年愷撒當權時，根據埃及天文學家索西琴尼斯的建議改用陽曆，把單月作為月大三十一天，雙月作為月小三十天，在平年二月份減少一天為二十九天，並把原來的十一月改為歲首，把原來一月推遲成為三月，依次類推，而且把原來的五月的名稱（Quintilis）改為（July），即今日之陽曆七月，以紀念愷撒（Julius Caesar）。據傳說愷撒死後，其外甥奧古斯都（Augustus 即屋大維）執政，當上羅馬帝國的第一任皇帝。他把原來的六月（Sextilis）改稱為奧古斯都（August），即今之陽曆八月。又以八月原是月小，從二月那邊移來一天把八月也變為月大，使二月在平年只剩了二十八天。又將八月以後的單月改為月小，雙月改為月大，但是八月以後的月名依舊保存愷撒改曆以前的名稱，所以陽曆九月至今西文仍稱為七月，十月仍稱為八月，如英文九月是September，這 Sept 在拉丁文中是七的意思。

這樣名稱錯亂、月份大小不齊，又加上不合理的七天為一星期的辦法，實在很有改進的必要。過去在西洋曾有成百上千的人主張改曆，但始終因為限於習慣，積重難返，加以天主教、耶穌教會種種規章，總無法受到重視。在法國大革命時代，曾一度改用法蘭西共和曆。這共和曆一年三百六十五又四分之一天，以秋分為歲首，每年十二個月，每月三十天，以一旬為一禮拜。每年年終平年有五天，閏年有六天為休息日。這是依照法國當時數學家孟箕和天文學家拉葛蘭奇的提議而訂定的。這比較現行陽曆確是很大改進。但法國革命失敗後，共和曆也只應用了十四年工夫，於一八〇六年年初便被廢除了。

在二十世紀科學昌明的今日，全世界人們還用着這樣不合時代潮流、浪費時間、浪費紙張、為西洋中世紀神權時代所遺留下來的格里高里曆，是不可思議的。近代科學家已提了不少合理的建議，英國前欽天監（皇家天文學家）瓊斯甚至寫進天文學教科書中來宣傳改進現行曆法的主張，但是二千年頹風陋俗加以教會的積威是頑固不化的，不容易改進的。

季風之成因[14]

季風之成因由於大陸與海洋對於熱量吸收與熱量放射緩速之不同。大陸面部為泥沙岩石，在炎日之下吸收熱量固易，而寒冬子夜之放射熱量亦速。海洋流動不息，水之比熱量大，兼能蒸發，故海水冬不易冷、夏不易熱。因是之故，大陸冬嚴寒、夏酷暑，而海洋則較大陸冬溫而夏涼。二者相差之數尤以溫帶中為最甚。海陸氣溫之寒暖既相差懸殊，則空氣之密度亦因以不同。冬季則大陸空氣密度大、氣壓高，而海洋上之空氣密度小、氣壓低；夏季則反是，而風於是生焉。冬季由大陸吹向海洋，夏季則自海洋吹入大陸，即所謂季風是也。復因地球自轉之影響，風自高氣壓吹向低氣壓時，其在北半球則常略偏向右方。如圖所示。全球大陸之遼闊莫過於亞洲，故亞洲之季風亦特著。印度位於亞洲之南，故其季風冬東北而夏西南；我國地處亞洲東部，故季風冬西北而夏東南。

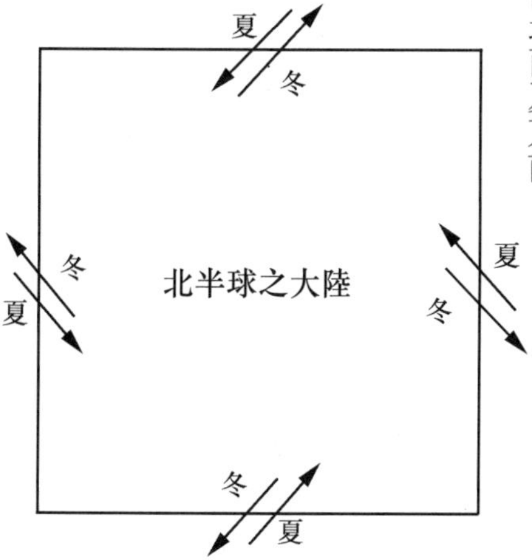

氣候與其他生物之關係 15

人類因智能出眾，已創造了許多方法以減少氣候的種種限制，植物和其他動物即無這種創造力，所以它們所受氣候的限制，比人類還要大。以植物而論，寒帶和熱帶，高山和平原，沙漠和濕地，所生長的草木，種類完全不同。植物所需的四大要素，日光、溫度、濕度和土壤，其中氣候卻佔了三個。一棵樹的葉子厚薄多少與葉綠素之分佈，統和日光強弱有關。高山上面有若干樹木，佚曲傴僂，不能如平地上一樣發育成為高大的喬木，就是因為山上紫外光線太強的緣故。單以眼睛能見得到的太陽光而論，紅色光線和藍色光線的作用就不同。據瑞典隆譚加（Lundegardh）教授的研究，紅色光線使細胞生長，藍色光線使細胞分裂。紅色光線和藍色光線的比例，晴天大於陰天，高原大於平原，沙漠大於海濱，熱帶大於寒帶（因所需日光多少之不同，植物可分為陽性的和陰性的兩大類）。

溫度對於植物的重要極為明顯，空中的碳酸氣是植物枝葉中纖維的來源，要植物生長茂盛，必須充份地能吸收碳酸氣。大多數植物吸收碳酸氣最相宜的溫度，是在15℃至30℃之間。馬鈴薯、番茄最相宜的溫度是20℃，豆科植物最相宜的溫度是30℃。人類最需要的五穀當平均溫度低到10℃以下，就不能生長。椰子樹不能生長於平均溫度20℃以下的地方。從草木的分佈，就可以看到溫度影響之大。單以浙江省而論，溫州以北無榕樹，嘉湖以北無樟樹。從京杭道上，我們可以看出來從南京到溧陽很少竹子，一過宜興滿山遍野盡是竹林了。荔枝、龍眼只限於福建、兩廣，茶葉、橘子不過秦嶺。熱帶的植物大多數不能經霜，這種顯明的例子統可以表現溫度如何嚴格地限制草木之分佈。

雨澤對於草木五穀之重要，我們很可以從古代文人的詩句裏看出來。如唐高適詩「聖代即今多雨露」即是一例。到如今濟南、北平舊式家庭的大門上，尚家家戶戶寫着「天錢雨至、地寶雲生」的門聯。這種詩句、對聯是在華北乾燥地方應有之現象。在非洲阿比西尼亞（今埃塞俄比亞），每逢雨季初臨的時候，還有盛大敬神的典禮。印度一年中收穫的好壞，要看季風的強弱和所帶雨量的多寡來斷定。中國連年以來，總有幾處地方鬧着旱災或水災，雨量之於五穀的重要，可以不言而喻了。沙漠之所以不能生長植物，全是因為雨量稀少的關係。凡是一年中雨量在100毫米以下，統是沙漠不毛之地。我國西北的酒泉、包頭等地方，一年雨量在100—200

毫米之間，可稱半沙漠地帶。

動物因為能移動，所以比較植物有選擇氣候的能力。但是動物和氣候的關係，仍是極為密切。就我們所用的牲口而論，熱帶森林裏用象，沙漠用駱駝，水田用水牛，溫帶用騾馬，寒帶用馴鹿和狗，這完全是為了適應環境。候鳥如燕子、黃鶯、布穀，來去季候的遲早，完全要看天氣的寒暖。兩棲類青蛙以及蛇類在溫帶裏，一到冬季就蟄處靜伏，等春季開始便蠢蠢欲動，到了夏季又橫行各處了。昆蟲類種類繁多，生殖迅速，和氣候的關係更容易看出。昆蟲對於溫度的高低、感覺的靈敏，從螞蟻和蟋蟀就可知之。螞蟻行動的快慢，和蟋蟀鳴聲的緩急，視溫度的高下而定。有人試驗過不用溫度表，單從螞蟻、蟋蟀的動作，可以測量氣溫，精密程度可到華氏表一度。一般農夫均以大雪為豐年之預兆，這多半是因為大雪之後，必繼之以大冷，而很低的氣溫足以殺死蟄伏田中的害蟲。但是雪的本身，因為是一個不良導體，反足以保護地下熱的發散，所以有人以為大雪能殺害蟲是不合理的。溫度若很高，也可以致蟲的死命。蝴蝶熱至 42℃則死，蝗蟲熱至 48℃則死。有若干害蟲如蝗蟲和鬆毛蟲，統繁殖於乾燥的季候，因為地土乾燥，則所下之蛋易於生長。然尚有其他昆蟲類如蚊子，則天氣潮濕反能繁殖。特殊的氣候，如大雪、雨、雹統可使動物受很大的影響。去年冬天內蒙古大雪，牛羊凍死成千累萬。一九一四年八月泰山下雹，平地積至二三尺之厚，時在黃昏以後，把山上的鳥類幾乎全數打死，數年之內，泰山上鴉雀無聲。高山的氣候因空氣稀薄，使動物血液中紅血球特別增多。山上動物初下山的時候，要比山下同類動物來得驍勇。南美洲諸國有一個風俗，凡是跑馬的時候，初從安第斯山下來的馬不准加入，必得在山下住一個相當時期，始准比賽。山國居民，特別強悍，大抵亦是這個理由。

甚麼是物候學[16]

物候學主要是研究自然界的植物（包括農作物）、動物和環境條件（氣候、水文、土壤）的週期變化之間相互關係的科學。它的目的是認識自然季節現象變化的規律，以服務於農業生產和科學研究。

物候學和氣候學相似，都是觀測各個地方，各個區域春、夏、秋、冬四季變化的科學，都是帶地方性的科學。物候學和氣候學可說是姊妹行，所不同的，氣候學是觀測和記錄一個地方的冷暖晴雨、風雲變化，而推求其原因和趨向；物候學則是記錄一年中植物的生長榮枯、動物的來往生育，從而了解氣候變化和它對動、植物的影響。觀測氣候是記錄當時當地的天氣，如某地某天颱風，某時下雨，早晨多冷，下午多熱等等。而物候記錄如楊柳綠、桃花開、燕始來等等，則不僅反映當時的天氣，而且反映了過去一個時期內天氣的積累。如一九六二年初春，北京天氣比往年冷一點，山桃、杏樹、紫丁香都延遲開花。從物候的記錄可以知季節的早晚，所以物候學也稱為生物氣候學。

在我國最早的物候記載，見於《詩經．豳風．七月》一篇裏，如說：「四月裏蔞草開了花，五月裏蟬振膜發聲。」[17]又如說：「八月裏棗子熟了可以打下來，十月裏稻子黃了可以收割。」[18]等等，那完全是老農經驗的記載。到春秋時代，已經有了每逢節氣的日子記錄物候和天氣的傳統，[19]而且已經知道燕子在春分前後來、在秋分前後離去。[20]《管子》中已有「大暑、中暑、小暑（幼官篇）」；「大寒、中寒、始寒（幼官圖）」和「冬至、夏至、春至（分）、秋至（分）（輕重己篇）」等名稱。又說到關於節候反常的現象——「春行冬政則凋，行夏政則欲（四時篇）」以及節候與農時的關係——「夏至而麥熟，秋始而黍熟（輕重己篇）」等等，為古書中較早說到節候的。其他《夏小正》、《呂氏春秋．十二紀》各紀的首篇、《淮南子·時則訓》、《禮記·月令》等書中，更有依節氣而安排的物候曆。尋其演變源流，各書有關這方面記述，實來源於管子之言而有所增益，漢代鄭玄為《禮記》作註，已於目錄明說《月令》出自《呂氏春秋》。[21]清陳澧說：「《呂氏春秋》雖不韋之客所作，其說則出於管子。」郭沫若也說：「《管子·幼官篇·幼官圖》為《呂氏春秋》十二紀的雛形。」[22]唐杜佑《通典》更直截了當說「月令出於管子」。自管子創始匯集勞動人民在這方面的經驗，後來逐漸發展，遂成為周、秦時代遺留下來比較完整的一個物候曆。如在《禮記·月令》二月條下，列舉了下述的物候：「這時太陽走進了二十八宿中的奎宿，天氣慢慢地和暖起來，每當晴朗天氣，可以見到美麗的桃花盛放，聽到悅耳的倉庚鳥歌唱。一旦有不測風雲，也不一定下雪而會下雨。到了春分節前後，晝和夜一樣長，年年見到的老朋友——燕子，也從南方回來了。燕子回來的那天，皇帝還得親自到廟裏進香。在冬天銷聲絕跡的雷電也重新振作起來；匿伏在土中、屋角的昆蟲，也甦醒過來，向戶外跑的跑、飛的飛地出來了。這時候，農民應該忙碌起來，把農具和房子修理好，國家不能多派差事給農民，免得妨礙農田的耕作。」[23]這是二千多年以前，黃河流域初春時物候的概述。

我們從這些材料可以知道，古代之所以積累物候知識，一方面是為了維護奴隸主和封建主的統治，但主要是為了指揮奴隸或農奴勞動。如《淮南子．主術》篇所講的：「聽見蛤蟆叫，看見燕子來，就要農奴去修路。等秋天葉落時要去伐木。」[24]

或許有人要問：自從十六七世紀溫度表、氣壓表發明以後，氣溫、氣壓可以憑科學儀器來測量；再加以十八九世紀以後，各種氣象儀器的逐步改進，直到近來，雷達和火箭、人造地球衛星在氣象觀測上的廣泛應用，氣候學已有迅速的進步。但是，物候學直到如今還是靠人的兩目所能見到和兩耳所能聽到的作記載，這還能起甚麼作用呢！

我們要知道，物候這門知識，是為農業生產服務而產生的，在今天對於農業生產還有很大作用。它依據的是比儀器複雜得多的生物。各項氣象儀器雖能比較精密地測量當時的氣候要素，但對於季節的遲早尚無法直接表示出來。舉例來說：一九六二年春季，華北地區的氣候比較寒冷，但是五一節那天早晨，北京的溫度記錄卻比前一年和前兩年同一天早晨的溫度高兩三攝氏度之多。因此，不拿一個時期之內的溫度記錄來分析，就說明不了問題。如果從物候來看，就容易看出來。一九六二年北京的山桃、杏樹、紫丁香和五一節前後開花的洋槐的花期都延遲了，比一九六一年遲了十天左右，比一九六〇年遲五六天。我們只要知道物候，就會知道這年北京農業季節是推遲了，農事也就應該相應地推遲。可是一九六二年北京地區部份農村，在春初種花生等作物時，仍舊照前兩年的日期進行，結果受了低溫的損害。若能注意當年物候延遲的情況，預先佈置，就不會遭受損失了。

另外，把過去一個時期內各天的平均溫度加起來，成為一季度或一個月的積溫，也可以比較各年季節冷暖之差，但是還看不出究竟溫度要積到多少度才對植物發生某種影響，才適合播種。如不經過農事實驗，這類積溫數字對指導農業生產，意義還是不大。物候的數據是從活的生物身上得來的，用來指導農事活動就很直接，而且方法簡單，農民很易接受。物候對於農業的重要性就在於此。

由北京每年春初北海冰融時期的遲早，可以斷定那一年四五月間各類植物如桃、杏、紫丁香、洋槐開花的遲早。換言之，即北海冰融早，則春末夏初各類花也開得早；北海冰融遲，則各類花卉開放也延遲。農時的遲早，是隨植物開花結果時期而定的。因此，從北京春初北海冰融的遲早，就可以斷定那年北京農時的遲早，其他地區也可類推。

中國古代的物候知識[25]

物候之名稱，來源甚早。《左傳》中即有每逢二至二分等節日，必須記下雲物的記載的說法。唐代中葉詩人元積在湖北玉泉道中所作詩有句云：「楚俗物候晚，孟冬始有霜。」[26]古人把見霜、下雪、結冰、打雷等統稱為物候。物候學與氣候學雖可稱為姊妹學科，但物候的觀測要比氣候早得多。在十六、十七世紀溫度表與氣壓表發明以前，世人不知有所謂「大氣」，所以無所謂「氣候」。中國古代以五日為一候，三候為一氣。

我國古代物候知識起源於周、秦時代，目的是為了指揮奴隸適時從事農業生產。我國從春秋、戰國以來，一直重視農業活動的適時。《管子·匡乘馬》篇除說「使農夫寒耕暑耘」外，並具體指出：「冬至後六十天（即雨水節）向陽處土壤化凍；又十五天（即驚蟄）向陰處土壤化凍，完全化凍後就要種稷；春事要在二十五天之內完畢。」[27]《呂氏春秋》一書，雜有農家的話，《上農》等篇就是談農業的。它在《十二紀》各紀的篇首曾因襲《管子》，又匯集了勞動人民有關這方面的經驗，編為十二個月的物候。其後這些節氣和物候的知識，更被輾轉抄入《淮南子·時則訓》和《禮記．月令》等篇。

但是這種書本物候知識，還是要靠勞動人民的實踐，即從生產鬥爭中得來。華北一帶農民有一種口傳的「九九歌」：

一九二九不出手，
三九四九冰上走，
五九六九沿河看柳，
七九河開，八九雁來，
九九加一九，耕牛遍地走。

這裏所謂不出手、冰上走、沿河看柳、河開、雁來，統是物候。就是從人的冷暖感覺、江河的冰凍、柳樹的發青、鴻雁的北飛，來定季節的節奏、寒暑的循環，而其最後目的是為了掌握農時，所以最後一句便是「耕牛遍地走」，這可稱「有的放矢」。從歌中「三九四九冰上走，五九六九沿河看柳，七九河開，八九雁來」幾句看來，這一歌謠不適用於淮河流域，也不適用於山西、河北，當是黃河中下游山東、河南地方的歌謠。九九是從冬至算起，所以是以陰曆為根據的，一定先有二至二分的知識才會有此歌謠，可見這歌謠也是在春秋、戰國時代或以後產生的。

到漢代鐵犁和牛耕的普遍應用，以及人口的增加，使農業有了顯著進步。二十四節氣每一節氣相差半個月，應用到農業上已覺相隔時間太長，不夠精密，所以有更細分的必要。《逸周書．時訓》就分一年為七十二候，每候五天。如說：「立春之日東風解凍，又五日蟄蟲始振，又五日魚上冰。雨水之日獺祭魚，又五日鴻雁來，又五日草木萌動。驚蟄之日桃始華，又五日倉庚鳴，又五日鷹化為鳩。春分之日玄鳥至，又五日雷乃發聲，又五日始電。」等等。

物候知識最初是農民從實踐中得來，後來經過總結，附屬於國家曆法。但物候是隨地而異的現象，南北寒暑不同，同一物候出現的時節可相差很遠。在周、秦、兩漢，國都在今西安地區及洛陽，南北東西相差不遠，應用在首都附近尚無困難；但如應用到長江以南或長城以北，就顯得格格不入。到南北朝，南朝首都在建康，即今南京；北朝初都平城，就是今日的大同，黃河下游的物候已不適用於這兩個地方。南朝的宋、齊、梁、陳等王朝都很短促，沒有改變月令；北魏所頒佈的七十二候，據《魏書》所載，已與《逸周書》不同，在立春之初加入「雞始乳」一候，而把「東風解凍」、「蟄蟲始振」等候統推遲五天。但平城的緯度在西安、洛陽以北四度多，海拔又高出八百米左右，所以物候相差，實際上決不止一候。

到了唐朝，首都又在長安；北宋都汴梁，即今開封，此時首都又與秦、漢的舊地相近。所以，唐、宋史書所載七十二候，又和《逸周書》所載大致相同。[28]元、明、清三朝雖都北京，緯度要比長安和開封、洛陽靠北五度之多，雖然這時候「二十四番花信風」早已流行於世，但這幾代史書所載七十二候和一般時憲書所載的物候，統是因襲古志，依樣畫葫蘆。不但立春之日「東風解凍」、驚蟄之日「桃始華」、春分之日「玄鳥至」等物候，事實上已與北京的物候不相符合，未加改正；即古代勞動人民以限於博物知識而錯認的物候，如「鷹化為鳩」、「腐草化為螢」、「雀入大水為蛤」等謬誤，也一概仍舊。這是無足為怪的，因為「九九歌」中的物候乃是老農田野裏實踐得來，是生活鬥爭中獲得的一些知識，雖然粗略些，生物學知識欠缺些，但物候和季節還能對得起來。到後來，編月令成為士大夫的一種職業；明、清兩代，由於士大夫以作八股為升官發財的跳板，一般缺乏實際知識，真是菽麥不辨，所寫物候，統從故紙堆中得來，怪不得完全與事實不符。顧炎武早已指出，在周朝以前，勞動人民普遍地知道一點天文。「七月流火」是農民的詩，「三星在天」

是婦女的話，「月離於畢」是戍卒所作，「龍尾伏辰」是兒童歌謠。後世的文人學士若問他們關於這方面知識，將茫然不知所對。[29]明、清時代，一般士大夫對天文固屬茫然，對物候也一樣的無知，這統是由於他們的書本知識脫離實踐所致。

南宋浙江金華地區的呂祖謙（一一三七－一一八一）做了物候實測工作。他所記有南宋淳熙七年和八年（一一八〇－一一八一）兩年金華（婺州）實測記錄，[30]載有臘梅、桃、李、梅、杏、紫荊、海棠、蘭、竹、豆蔻、芙蓉、蓮、菊、蜀葵、萱草等二十四種植物開花結果的物候和春鶯初到、秋蟲初鳴的時間，這是世界上最早憑實際觀測而得的物候記錄。世界別的國家沒有保存有十五世紀以前實測的物候記錄。日本櫻花記錄始於唐，但只櫻花而已，不及其餘，而呂祖謙記錄的物候多到二十四種植物的開花結果和鳥、蟲的初鳴。同時人朱熹為呂祖謙物候書作跋說：「觀伯恭（呂祖謙號）病中日記其翻閱論著固不以一日懈，至於氣候之暄涼，草木之榮悴，亦必謹焉。」

「二十四番花信風」，南宋程大昌的《演繁露》曾略提及。明楊慎《丹鉛錄》引梁元帝之說疑係依託；唯明初錢塘王逵的《蠡海集》所列最有條理。[31]後來焦竑的《焦氏筆乘》當即據此採入，[32]敘述較為簡明。自小寒至穀雨，四月八氣二十四候，每候五日，以一花應之：

小寒 一候梅花 二候山茶 三候水仙
大寒 一候瑞香 二候蘭花 三候山礬
立春 一候迎春 二候櫻桃 三候望春
雨水 一候菜花 二候杏花 三候李花
驚蟄 一候桃花 二候棠梨 三候薔薇
春分 一候海棠 二候梨花 三候木蘭
清明 一候桐花 二候麥花 三候柳花
穀雨 一候牡丹 二候荼蘼 三候楝花

花信風的編制是我國南方士大夫有閒階級的一種遊戲作品，既不根據於實踐，也無科學價值的東西。

儘管如此，我國從兩漢以來一千七八百年間，勞動人民積累的物候知識，經好些學者如北魏賈思勰、明代徐光啟和李時珍等終身辛勞地採訪搜集、分析研究，還是得到發揚光大、傳之於後代。

歷代所頒曆法真正能照顧到農民所需要的物候，是十九世紀中葉太平天國的「天曆」。它把一年分為十二個月，以三百六十六天為一年，單月大三十一天，雙月小三十天。以立春為元旦，驚蟄為二月一日，清明為三月一日，以此類推。除每日有干支、二十八宿名稱、時令而外，還記草木萌芽月令，把南京所觀測到的物候或草木萌芽亦列入。這曆稱為《萌芽月令》，將上一年南京所觀測到的物候結果附在下一年同月份日曆之後，以供農民耕種時作參考。如太平天國辛酉十一年（一八六一）新曆每月之後就都附有庚申十年同月份的萌芽月令，如說「立春九紅梅開花，青梅出蕊」，「雨水二雷鳴下雨，和風，青梅開花」等等；此外天曆還傳播一些生產知識。

太平天國係農民革命，所以洪秀全關心民瘼，把中國曆法作了一個徹底的改革。原來計劃要有了四十年的物候記錄便可平均起來作一個標準物候曆，頒佈於天下，這是一件好事。可惜到一八六四年革命失敗，而天曆如曇花一現，到如今幾乎無人知道其事。[33]

我國古代農書醫書中的物候[34]

中國最早的古農書，現尚保存完整的，要算北魏賈思勰的《齊民要術》。其中不少地方引用了比這書更早五百年的一部農書，即西漢《氾勝之書》。在古農書中，還有專講農時的書，如漢崔實的《四民月令》，元魯明善的《農桑衣食撮要》等。《氾勝之書．耕作》篇劈頭就說：「凡耕之本，在於趣時。」換句話說，就是耕種的基本原則在於抓緊適當時間來耕耘播種。這時間如何能抓得不先不後呢？《氾勝之書》就用物候作為一個指標，如說：「杏花開始盛開時，就耕輕土、弱土。看見杏花落的時候再耕。」對於種冬小麥，書中說：「夏至後七十天就可以種冬麥，如種得太早，會遇到蟲害，而且會在冬季寒冷以前就拔節；種得太晚，會穗子小而籽粒少。」對於種大豆，書中說：「三月榆樹結莢的時候，遇着雨可以在高田上種大豆。」[35]

賈思勰在他的《齊民要術》中總結的勞動人民關於物候的知識，比《氾勝之書》更為豐富，而且更有系統地把物候與農業生產結合起來。如卷一談種穀子時說道：「二月上旬，楊樹出葉生花的時候下種，是最好的時令；三月上旬到清明節，桃花剛開，是中等時令；四月上旬趕上棗樹出葉，桑樹落花，是最遲時令了。」並指出：

「順隨天時，估量地利，可以少用些人力，多得到些成果。要是只憑主觀，違反自然法則，便會白費勞力，沒有收穫。」[36]

賈思勰已經知道各地的物候不同，南北有差異，東西也有分別。他指出一個地方能種的作物，移到另外一個區域，成熟遲早、根實大小就會改變。在《齊民要術》卷三《蕪菁》和《種蒜》條下說：「在並州沒有大蒜種，要向河南的朝歌取種，種了一年以後又成了百子蒜。在河南種蕪菁，從七月處暑節到八月白露節都可以種……但山西並州八月才長得成。在並州蕪菁根都有碗口大，就是從旁的州取種子來種也會變大。」又說：「並州產的豌豆，種到井陘以東；山東的穀子，種到山西壺關、上黨；便都徒長而不結實。」在書中，賈思勰從物候的角度尖銳地提出了問題，要求解釋。但是這類的問題如為甚麼北方的馬鈴薯種到南方會變小退化？關東的亞麻和甜菜移植到川北阿壩州，雖長得很好但不結籽等等，還是植物生態學上和生理學上尚待研究的問題。

《齊民要術》的另一重要地方，是破除迷信。《氾勝之書》雖然依據物候來定播種時間，但信了陰陽家之言，訂出了若干忌諱。例如播種小豆忌卯日，種稻麻忌辰日，種禾忌丙日等等。這種忌諱一直流傳下來，直到元代王禎[37]《農書》中，仍有「麥生於亥，壯於卯……」等錯誤的說法。《齊民要術》指出這種忌諱不可相信，強調了農業生產上的及時和做好保墒。[38]在一千四五百年前，能夠堅持唯物觀點，如賈思勰這樣是不容易的。

從北魏到明末一千年間，我國雖出版了不少重要農業書籍，如元代暢師文、苗好謙等撰的《農桑輯要》，王禎撰的《農書》等，但在物候方面，除掉隨着疆域擴大、得了許多物候知識外，少有傑出的貢獻。到了明朝末年，徐光啟從利瑪竇、熊三拔等外國教士學得了不少西洋的天文、數學、水利、測量的知識，知道了地球是球形的，在地球上有寒帶、溫帶、熱帶之分等等。這些新知識更加強了他的「人定勝天」的觀念。他批評了王禎《農書．地利》篇的環境決定論，在《農政全書．農本》一章中說：「凡一處地方所沒有的作物，總是原來本無此物，或原有之而偶然絕滅。若果然能夠盡力栽培，幾乎沒有不可生長的作物。即使不適宜，也是寒暖相違，受天氣的限制，和地利無關。好像荔枝、龍眼不能逾嶺，橘、柚、柑、橙不能過淮一樣。王禎《農書》中載有二十八宿周天經度，這沒有多大意義。不如寫明緯度的高低，以明季節的寒暖，辨農時的遲早。」[39]

徐光啟積極地提倡引種馴化。在《農政全書》卷二十五，他讚揚了明邱浚主張的南方和北方各種穀類並種，可令昔無而今有的說法。萬曆年間，甘薯從拉丁美洲經南洋移植到中國還不久，他主張在黃河流域大量推廣。有人問他：「甘薯是南方天熱地方的作物，若移到京師附近以及邊塞諸地，可以種得活嗎？」他毅然回答說：「可以。」他說：「人力所至，亦或可以回天。」也就是說，他認識到人力可以馴化作物。到如今，河北、山東各省普遍種植甘薯，不能不說徐光啟有先見之明。

《農政全書》卷四十四講到如何消滅蝗蟲，也是很精彩的。他應用了統計方法，整理歷史事實，指出蝗蟲多發生在湖水漲落幅度很大的地方，蝗災多在每年農曆的五、六、七三個月。這樣以統計法指出了蝗蟲生活史上的時地關係，便使治蝗工作易於着手。最後他總結了治蝗經驗，指出事前掘取蝗卵的重要，他說：「只要看見土脈隆起，即便報官，集群撲滅。」這可以說是用統計物候學的方法指導撲滅蝗蟲。[40]

李時珍比徐光啟早出生四十四年，他是湖北蘄州人。他所著的書《本草綱目》，於一五九六年在南京出版。相隔不到十二年，便流傳到日本；不到一百年，便被譯成日文；後更傳播到歐洲，被譯成拉丁文、德文、法文、英文、俄文等。[41]這部書之所以被世界學者所珍視，是因為書中包含了極豐富的藥物學和植物學的材料。單從物候學的角度來看，這部書也是可寶貴的。例如卷十五記載「艾」這一條時說：

「此草多生山原，二月宿根生苗成叢。其莖直生，白色，高四五尺。其葉四佈，狀如蒿，分為五尖椏，面青背白，有茸而柔厚。七八月間出穗，如車前，穗細。花結實，纍纍盈枝，中有細子，霜後枯。皆以五月五日連莖刈取。」這樣的敘述，即在今日，也不失為植物分類學的好典型。《本草綱目》所載近二千種藥物，其中關於植物的物候材料是極為豐富的。又如卷四十八和四十九談到我國的鳥類，其中對於候鳥布穀、杜鵑的地域分佈、鳴聲、音節和出現時期，解釋得很清楚明白，即今日鳥類學專家閱之，也可收到益處。

當然，我們不能苛求三四百年以前的古人，能將兩三千年中經、史、子、集裏所有的關於物候學上錯誤的知識和概念，一下子能全盤改正過來。《本草綱目》中對「腐草化為螢，田鼠化為鴽」等荒謬傳説，全是人云亦云地抄下來，沒有加以駁斥，這是限於時代，不足為怪的。在歐洲，直至十八世紀，瑞典著名植物學家也即近代物候學的創始人林內，尚相信燕子到秋天沉入江河，在水下過冬的。

物候的南北差異[42]

物候南方與北方不同。我國疆域遼闊，在唐、宋時代，南北緯度亦相差三十餘度，物候的差異自然很分明。往來於黃河、長江流域的詩人已可辨別這點差異，至於放逐到南嶺以南的柳宗元（子厚）、蘇軾，他們的詩中更反映出嶺南物候不但和中原有量的不同，而且有質的不同了。

秦嶺在地理上是黃河、長江流域的分水嶺，在氣候上是溫帶和亞熱帶的分界，許多亞熱帶植物如竹子、茶葉、杉木、柑橘等等統只能在秦嶺以南生長，間有例外，只限於一些受到適當地形的庇護而有良好小氣候的地方。白居易於唐元和十年（八一五）從長安初到江西，作有《潯陽三題》詩並有序云：「廬山多桂樹，湓浦多修竹，東林寺有白蓮花，皆植物之貞勁秀異者……夫物以多為賤，故南方人不貴重之……予惜其不生於北土也，因賦三題以唁之。」其中《湓浦竹》詩云：「潯陽十月天，天氣仍溫燠，有霜不殺草，有風不落木……吾聞汾晉間，竹少重如玉。」[43]白居易是北方人，他看到南方竹如此普遍，便不免感到驚異。

清代中葉詩人龔自珍（一七九二——一八四一）曾說：「渡黃河而南，天異色，地異氣，民異情。」所以他詩中有句云：「黃河女直徙南東，我道神功勝禹功。安用遇儒談故道，犁然天地劃民風。」龔自珍不但說南北物候不同，而且民情也不同。[44]

蘇軾生長在四川眉山，是南方人，看慣竹子的，而且熱愛竹子。青年時代進士及第後不久，於宋嘉祐七年（一〇六二）到京北路（今陝西省）鳳翔為通判，曾親至寶雞（今寶雞市）、盩厔（今周至縣）、虢（舊虢鎮，今寶雞縣）、郿（今眉縣）四縣，在寶雞去四川路上詠《石鼻城》詩中有「……漸入西南風景變，道邊修竹水潺潺」，[45]竹子確是南北物候不同很好的一個標誌。

秦嶺是我國亞熱帶的北界，南嶺則可說是我國亞熱帶的南界，南嶺以南便可稱為熱帶了。熱帶的特徵是：「四時皆是夏，一雨便成秋。」換言之，在熱帶裏，旱季和雨季的分別比冬季和夏季的分別更為突出。而五嶺以南即有此種景象，可於唐、宋詩人的吟詠中得之。柳宗元的《柳州二月榕葉落盡偶題》詩：「宦情羈思共淒淒，春半如秋意轉迷。山城過雨百花盡，榕葉滿庭鶯亂啼。」[46]意思就是二月裏正應該是中原桃李爭春的時候，但在柳州最普遍的常綠喬木榕樹卻於此時落葉最多，使人迷惑這是春天還是秋天？蘇軾在惠州時，有《食荔枝二首》記惠州的物候：「羅浮山下四時春，盧橘楊梅次第新。日啖荔枝三百顆，不妨長作嶺南人。」[47]又在《江月五首》詩的引言裏說：「嶺南氣候不常，吾嘗云：菊花開時乃重陽，涼天佳月即中秋，不須以日月為斷也。」[48] 按溫帶植物如菊花、桂花在廣州終年可開；但是即使在熱帶，原處地方植物的開花結果，仍然是有節奏的。蘇軾在儋耳有詩云：「記取城南上巳日，木棉花落刺桐開。」[49] 相傳陰曆三月三日為上巳節。如今海南島儋耳地方的物候未見記錄，可能還是如此。一九六二年春分前一週，作者之一由廣州經京廣路到北京，那時廣州越秀山下的桃花早已凋謝，而柳葉卻未抽青。但在韶關、郴州一帶，正值桃紅柳綠之時。可知五嶺以南若干物候，是和長江流域先後相差的。

還有一個重要的物候，即梅雨的時期，在我國各地也先後不一。這在唐、宋詩人的吟詠中，早已有記載。柳宗元詩：「梅熟迎時雨，蒼茫值小春。」柳州梅雨在小春，即農曆三月。杜甫《梅雨》詩：「南京犀浦道，四月熟黃梅。」即成都（唐時曾作為「南京」）梅雨是在農曆四月。[50] 蘇軾《舶棹風》詩：「三時已斷黃梅雨，萬里初來舶棹風。」[51] 蘇軾作此詩時在浙江湖州一帶，三時是夏至節後的十五天，即江浙一帶梅雨是在農曆五月。現在我們知道，我國梅雨在春夏之交，確從南方漸漸地推進到長江流域。[52]

前面講過，我國的物候南方與北方不同。從世界範圍來說，也一定是這樣。所以霍普金斯的物候定律，如以物候的南北差異而論，應用到歐洲便須有若干修正。據英國氣象學會的長期觀測，從最北蘇格蘭的阿貝丁到南英格蘭的布里斯特耳，南北相距六百四十公里，即六個緯度弱，十一種花卉的開花期，南北遲早平均相差二十一天，即每一緯度相差3.7天。而且各種物候並不一致，如七月開花的桔梗，南北相差十天；而十月開花的常春藤，則相差至二十八天。[53]至於德意志聯邦共和國的格曾海曼地方，緯度在意大利巴圖亞之北4度6分；兩地開花日期，春季只差八天，但夏季要差十六天。換言之，即春季每一緯度相差不到二天，而夏季每一緯度可差四天。歐洲西北部的挪威，則每一緯度的差異，南北花期在四月要差4.3天，五月減至2.3天，六月又減至1.5天，到七月只差0.5天。由此可知南北花期，不但因地而異，而且因時季、月份而異，不能機械地應用霍普金斯的定律。即使在美洲，霍普金斯定律應用到預報農時或引種馴化，也都須經過一系列等候線圖的更正。

我國地處世界最大陸地亞洲的東部，大陸性氣候極顯著，冬冷夏熱，氣候變遷劇烈。在冬季，南北溫度相差懸殊；但到夏季，則又相差無幾。如初春三月份平均溫度，廣州要比哈爾濱高出二十二攝氏度；但到盛夏七月，則兩地平均溫度只差四攝氏度而已。加之我國地形複雜，丘陵、山地多於平原，更使物候差異各處不同。

在我國東南部，等候線幾與緯度相平行，從廣東沿海直至北緯 26° 的福州、贛州一帶，南北相距五個緯度，物候相差五十天之多，即每一個緯度相差竟達十天。在此區以北，情形比較複雜。

北京、南京緯度相差七度強，在三四月間，桃李始花，先後相差十九天；但到四五月間，柳絮飛、洋槐盛花時，南北物候相差只有九天或十天。主要原因就由於我國冬季南北溫度相差很大，而夏季則相差很小。三月，南京平均溫度尚比北京高 3.6 攝氏度，到四月則兩地平均溫度只差 0.7 攝氏度，五月則兩地溫度幾乎相等。在長江、黃河大平原上，物候差異尚且不能簡單地按緯度計算出來，至於丘陵、山岳地帶，物候的差異自必更為複雜。

物候的古今差異[54]

物候古代與今日不同。陸游《老學庵筆記》卷六引杜甫上述《梅雨》詩，並提出一個疑問說：「今（南宋）成都未嘗有梅雨，只是秋半連陰，空氣蒸溽，好像江浙一帶五月間的梅雨，豈古今地氣有不同耶？」卷五又引蘇轍詩：「蜀中荔枝出嘉州，其餘及眉半有不。」陸游解釋說：「依詩則眉之彭山已無荔枝，何況成都？」但唐詩人張籍卻說成都有荔枝，他所作《成都曲》云：「錦江近西煙水綠，新雨山頭荔枝熟。」陸游以為張籍沒有到過成都，他的詩是閉門造車，是杜撰的，以成都平原無山為證。但是與張籍同時的白居易在四川忠州時作了不少荔枝詩，以緯度論，忠州尚在彭山之北。所以，不能因為南宋時成都無荔枝，便斷定唐朝成都也沒有荔枝。疑當時有此傳聞，張籍才據以入詩的。

杜甫的《杜鵑》詩說：「東川無杜鵑。」在抗日戰爭時期到過重慶的人都知道，每逢陽曆四五月間，杜鵑夜啼，其聲悲切，使人終夜不得安眠。但我們不能便下斷語說，「東川無杜鵑」是杜撰的。物候昔無而今有，在植物尚且有之，何況杜鵑是飛禽，其分佈範圍是可以隨時間而改變的。譬如以小麥而論，唐劉恂撰的《嶺表錄異》裏曾經說：「廣州地熱，種麥則苗而不實。」[55] 但七百年以後，清屈大均撰《廣東新語》的時候，小麥在雷州半島也已大量繁殖了。[56]

自然，我們不能太天真地以為唐、宋詩人沒有杜撰的詩句。我們利用唐、宋人的詩句來研究古代物候，自然要批判地使用。看來可能的錯誤，係來自下列幾方面：

(1) 詩人對古代遺留下來的錯誤觀念，不加選擇地予以沿用，如以楊柳飛絮為楊花或柳花。李白的《金陵酒肆留別》詩說：「白門柳花滿（一作酒）店香」；[57]《聞王昌齡左遷龍標遙有此寄》詩說：「楊花落盡子規啼。」[58]實際所謂絮是果實成熟後裂開，種子帶有一簇雪白的長毛，隨風飛揚上下，落地後可集成一團。

(2)盲從古書中的傳說。唐朝詩人錢起《贈闕下裴舍人》詩：「二月黃鶯飛上林，春城紫禁曉陰陰……」黃鶯是候鳥，要到農曆四月才能到黃河流域中下游。唐代的二月，長安不會有黃鶯。《禮記．月令》：「仲春之月……倉庚鳴」，錢起以誤傳誤地用於詩中。

(3)詩人為了詩句的方便，不求數據的精密。如白居易的《潮》詩：「早潮才落晚潮來；一月周流六十回。」[59]顧炎武批評他說：「月大有潮五十八回，月小五十六回，白居易是北方人，不知潮候。」[60]實則白居易未必不知潮信，但為字句方便起見，所以說六十回。

(4)也有詩人全憑主觀的想法，完全不顧客觀事實的。如宋和尚參寥子有《詠荷花》詩：「五月臨平山下路，藕花無數滿汀洲。」有人指出：「杭州到五月荷花尚未盛開，要六月才盛開，不應說無數滿汀洲。」給參寥子辯護者卻說：「但取句美，『六月臨平山下路』，便不是好詩了。」[61]

(5)也有原來並不錯的詩句，被後人改錯的。如王之渙《涼州詞》：「黃沙直上白雲間，一片孤城萬仞山。羌笛何須怨楊柳，春風不度玉門關。」[62]這是很合乎涼州以西玉門關一帶春天情況的。和王之渙同時而齊名的詩人王昌齡，有一首《從軍行》詩：「青海長雲暗雪山，孤城遙望玉門關。黃沙百戰穿金甲，不破樓蘭終不還。」也是把玉門關和黃沙聯繫起來。同時代的王維《送劉司直赴安西》五言詩：「絕域陽關道，胡沙與塞塵。三春時有雁，萬里少行人……」在唐朝開元時代的詩人，對於安西玉門關一帶情形比較熟悉，他們知道玉門關一帶到春天幾乎每天到日中要颳風起黃沙，直衝雲霄的。但後來不知在何時，王之渙《涼州詞》第一句便被改成「黃河遠上白雲間」。到如今，書店流行的唐詩選本，統沿用改過的句子。實際黃河和涼州及玉門關談不上有甚麼關係，這樣一改，便使這句詩與河西走廊的地理和物候兩不對頭。

從上面所講，可以知道，我國古代物候知識最初是勞動人民從生產活動中得來，愛好大自然和關心民生疾苦的詩人學者，再把這種自然現象、自然性質、自然規律引入詩歌文章。我國文化遺產異常豐富，若把前人的詩歌、遊記、日記中物候材料整理出來，不僅可以「發潛德之幽光」，也可以大大增益世界物候學材料的寶庫。

霍普金斯的物候定律，只談到物候的緯度差異、經度差異和高度差異，卻沒有談到古今差異。因為霍普金斯是美國人。美國的建國歷史到如今僅二百餘年（美國一七七六年才獨立），所以美國的氣候記錄還談不到古今差別。但是，我國古代學者，如宋朝的陸游、元朝的金履祥、清初的劉獻廷卻統疑心古今物候是頗有不同的。希臘的亞里士多德，在他所著的《氣象學》一章中，也已指出氣候、物候可以古今不同。同時從十九世紀末葉到二十世紀初期，在奧國氣象學家漢（J. Hann）的權威學說下，逐漸形成一種成見，以為歷史時期的氣候是很穩定的，是根本沒有變動的。一個地方只要積累了三十至三十五年的記錄，其平均數便可算作該地方的標準，適用於任何歷史時代，而且也適用於將來。近二三十年來，由於世界氣候資料的大量積累，已證明這一觀點是錯誤的。二十世紀初期，這種錯誤的氣候學觀念，也影響到物候學上。英國若干物候學家之所以組織全國物候網，就是企圖求得一個全國各地區的永久性的物候指標，可以應用於過去和將來，如我國《逸周書》所說的，年年是「驚蟄之日桃始華……」實際不是那麼簡單，我國歷史書上充滿了物候古今差異的證據。

但從歷史上的物候記錄，能否證明可以獲得永久性的物候指標呢？我們先從西洋最長久的實測物候記錄來考驗這個問題。上面已經談過，英國馬紹姆家族祖孫五代連續記錄諾爾福克地方的物候達一百九十年之久，這長年記錄已在《英國皇家氣象學會季刊》上得到詳細的分析，並與該會各地所記錄的物候作了比較。著者馬加萊從七種喬木春初抽青的物候記錄得出如下的結論：

(1)物候是有週期性波動的，其平均週期為12.2年。

(2)七種喬木抽青的遲早與年初各月（一—五月）的平均溫度關係最為密切，溫度高則抽青也早。

(3)物候遲早與太陽黑子週期有關，一八四八年至一九〇九年間，黑子數多的年份為物候特早年。但從一九一七年起，黑子數多的年份反而為物候特遲年。

我們把近二十四年來北京的春季物候記錄與此作一比較，可以看出北京物候也有週期性起伏。物候時季最遲是在一九五六年至一九五七年和一九六九年，而一九五七年與一九六九年正為日中黑子最多年。好像太陽黑子最多年也是物候最遲年。但如前面已經指出的物候和太陽黑子關係是不穩定的，其原因所在至今尚未研究清楚。

從英國馬紹姆家族所記錄的長期物候，我們也可將十八世紀和二十世紀物候的遲早作一比較。如以一七四一年至一七五〇年十年平均和一九二一年至一九三〇年的十年平均，春初7種喬木抽青和始花的日期互相比較，則後者比前者早九天。換言之，二十世紀的三十年代比十八世紀中葉，英國南部的春天要提前九天。馬加萊把十八世紀中葉（一七五一—一七八五）三十五年和十九世紀末到二十世紀初（一八九一—一九二五）三十五年的物候記錄相比，也得出結論說，很明顯，後一期的春天，要比前一期早得多。[63]

世界最長的物候記錄，即日本的櫻花開花記錄，雖是單項記錄，而且有些世紀，一百年當中只有幾次記錄，也可以作為一個參考。

各世紀櫻花開花日期是很不穩定的，九世紀比十二世紀平均要早十三天之多。上文談到白居易（七七二—八四六）、張籍（七六八—八三〇？）、蘇轍（一〇三九—一一一二）、陸游（一一二五—一二一〇）詩文中涉及蜀中荔枝的時候，推論到古今物候不同，推想唐時四川氣候可能比南、北宋為溫和。從日本京都櫻花開花記錄看來，十一、十二世紀櫻花花期平均要比九世紀遲一星期到兩星期，可知日本京都在唐時也較南、北宋時為溫暖，又足為古今物候和氣候不同的證據。又在日本京都櫻花開放的一千一百多年的記錄中，最早開花期出現於1246年的三月二十二日，而最遲開花期出現於一一八四年的五月十五日，兩者相差幾乎達四個節氣，即最早在春分，而最遲在立夏以後。

物候不但南北不同，東西不同，高下不同，而且古今不同。即不但因地而異，也因時而異，事實不像霍普金斯定律那樣簡單。為了預告農時，必須就地觀測研究，做出本地區的物候曆。我國各地的播種季節和收穫時期，是經過勞動人民幾百年以至一千年以上與自然鬥爭才摸索到的，也就是依據當地的氣候和物候確定下來的，如要有所變更，必須經過精密的調查、實驗和全面的考慮。若貿然行事，便會遭受損失。

以農諺預告農時 64

古人把一年分為春、夏、秋、冬四季，主要是為了掌握農時。所以漢文「秋」字從「禾」旁，《說文》把秋字當作禾穀熟解釋。德文秋字和收穫同為一個字，英文秋字的意思即是落葉。可見人類區分季節的時候，就和農事有關。到後來，我國把一年劃分為二十四節氣，就更明顯地是為了掌握農時了。

我國各地區農民掌握農時有很多的經驗，有按節氣為準的，也有根據物候為準的。這些都反映在農諺中。按節氣耕種的農諺：如對於冬小麥播種，北京地區是「白露早，寒露遲，秋分種麥正當時」。華北南部是「秋分早，霜降遲，只有寒露正當時」。安徽、江蘇是「寒露蠶豆霜降麥」，到了浙江便成「立冬種麥正當時」。對於水稻、早稻的播種期，浙江是「清明下種，不用問爹娘」。上海是「清明到，把稻泡」。晚稻的播種期，湖北黃岡是「寒露不出頭，割田餵老牛」。對於棉花的播種期，北京地區說：「清明早，立夏遲，穀雨種棉正當時。」北方棉區（河北、陝西等省）說：「清明玉米穀雨花，穀子播種到立夏。」南方棉區說：「清明種花早，小滿種花遲，穀雨立夏正當時。」

根據動植物的物候為耕種指標的農諺：如對於冬小麥播種期，四川綿陽專區有「雁鵝過，趕快播，雁下地，就嫌遲」；「過了九月九（農曆），下種要跟菊花走」；「菊花開遍山，豆麥趕快點」。對於棉花的播種期，華北有「棗芽發，種棉花」。諸如此類的農諺很多，不再列舉。可是節氣是每年在某一固定日期不變的，而物候現象是各年的天氣氣候條件的反映，所以，按物候掌握農時是比較合理的。

註釋

1 本文選自《二十八宿起源之時代與地點》，該文原載於《思想與時代》一九四四年第三十四期，收入《竺可楨文集》（科學出版社一九七九年版）時，據作者生前親筆改本。收入本書時，從改本，題目為編者所加。

2 本文選自《論新月令》，原係一九三一年五月九日在氣象研究所討論會上演講稿，後刊載於《中國氣象學會會刊》一九三一年第六期。

3 顧炎武《日知錄》卷三十，雨水條下；又《觀象叢報》第一卷《曉窗隨筆》第8頁。

4 本文選自《論新月令》，原載於《中國氣象學會會刊》一九三一年第六期。

5 秦嘉謨《月令粹編》卷二十三，《月令考》第17—29頁，嘉慶王申琳琅仙館版。

6 見沈括《夢溪筆談》卷二十六。

7 見陳留、謝肇淛《五雜俎》卷一。

8 陸務觀《老學庵筆記》卷六，按蜀中現時亦秋雨多而春雨少，與長江下游不同，而與放翁所云乃適合。

9 秦嘉謨《月令粹編》卷二十三，「月令孟春之蟄蟲始振」句註下。

10 全望祖《劉繼莊傳》，見《廣陽雜記》後……商務印書館。

11 本文選自《二十八宿起源之時代與地點》，見《竺可楨文集》，科學出版社一九七九年版。

12 薛萊格對於畢為雨兆、箕為風兆之解釋，見《星辰考源》第 164 頁及 368 頁。

13 本文原載於《人民日報》一九六三年十月三十日，文中所敘述的主導思想，作者於《科學》一九二二年第七卷第六期上有一篇詳細文章（《改良陽曆之商榷》）可以參閱——編者。

14 本文選自《東南季風與中國雨量》，刊載於《中國現代科學論著叢刊》—氣象學（一九一九—一九四九），科學出版社一九五四年版。

15 本文選自《氣候與人生及其他生物之關係》，《廣播教育》一九三六年創刊號。

16 本文選自《物候學》，竺可楨、宛敏渭著，科學出版社一九八〇年版。

17 《詩經．豳風．七月》第四章：「四月秀葽，五月鳴蜩。」

18 《詩經．豳風．七月》第六章：「八月剝棗，十月獲稻。」

19 《左傳》僖公五年：「公既視朔，遂登觀台以望，而書，禮也。凡分、至、啟、閉，必書雲物，為備故也。」

20 《左傳》昭公十七年：「玄鳥氏司分者也。」註：「玄鳥燕也。」疏：「此鳥以春分來，秋分去。」

21 《禮記正義．月令》孔穎達疏：「按鄭目錄云……本呂氏春秋十二月紀之首章也，以禮家好事者抄合之。言周公所作，其中官名時事多不合周法。」

22 郭沫若、聞一多、許維遹撰《管子集校》第 105 頁，一九五六年科學出版社出版。

23 《禮記．月令》：「仲春之月，日在奎……始雨水，桃始華，倉庚鳴……玄鳥至。至之日，以太牢祠於高禖，天子親往……日夜分，雷乃發聲，始電。蟄蟲咸動，啟戶始出……耕者少舍，乃修闔扇，寢廟畢備。毋作大事，以妨農之事。」

24 《淮南子‧主術》：「蛤蟆鳴，燕降，而達路除道……昴中則收斂蓄積，伐薪木。」

25 本文選自《物候學》，竺可楨、宛敏渭著，科學出版社一九八〇年版。

26 見《元氏長慶集》卷七。

27 《管子‧匡乘馬》篇：「日至六十日而陽凍釋，七十五日而陰凍釋，陰凍釋而藝稷，故春事二十五日之內耳也。」

28 秦嘉謨編《月令粹編》卷二十三，《月令考》一八一二年出版。

29 顧炎武《日知錄》卷三十《天文》條，按「七月流火」見《詩經‧豳風‧七月》；「三星在天」見《詩‧唐‧綢繆》；「月離於畢」見《詩‧小雅‧魚藻之什‧漸漸之石》；「龍尾伏辰」見《左傳》僖公五年。

30 呂祖謙《庚子‧辛丑日記》載《東萊呂太史文集》卷十五，「續金華叢書」本。

31 參考《四庫全書總目提要》子部，雜家類六《蠡海集》，存目五《焦氏筆乘》。

32 《焦氏筆乘》「粵雅堂叢書」本，卷三頁八，「花信風」條。

33 影印《太平天國印書》第十七冊，南京太平天國歷史博物館編，江蘇人民出版社一九六〇年版。又見蕭一山輯《太平天國叢書》第一輯第三冊，一九三三年出版。

34 本文選自《物候學》，竺可楨、宛敏渭著，科學出版社一九八〇年出版。

35 參考石聲漢《氾勝之書今釋》（初稿）第5頁、第19頁和第23頁，一九五六年科學出版社出版。

36 參考石聲漢《齊民要術今釋》第一分冊第57頁，一九五七年科學出版社出版。

37 清雍正帝時，因避雍正「胤禎」的名字把王禎改為王楨。這完全是封建時代的習慣，現仍用其原名。

38 李長年《齊民要術研究》第92頁，一九五九年農業出版社出版。

39 石聲漢《徐光啟和農政全書》，北京《光明日報》一九六二年四月十六日。

40 燕羽《徐光啟和農政全書》，載《明清史論叢刊》第273頁，一九五七年湖北人民出版社出版。

41 陳邦賢《李時珍》，載《中國古代科學家》第166頁，一九五九年科學出版社出版。

42 本文選自《物候學》，竺可楨、宛敏渭著，科學出版社一九八〇年版，有刪節。

43 《白氏長慶集》卷一，四部叢刊影印宋本。

44 《龔自珍全集》第521頁，一九五九年中華書局出版。

45 《蘇東坡全集．前集》卷一，「萬有文庫」本。

46 《柳河東集》卷四十二，「國學基本叢書」本。

47 《蘇東坡全集後集》卷五。

48 《蘇東坡全集後集》卷五。

49 《蘇東坡全集後集》卷六，詩作於哲宗元符元年（一〇九八）。

50 仇兆鰲註《杜少陵集詳註》卷九。

51 見徐光啟《農政全書》卷十一引蘇軾詩，中華書局版。蘇集通行本「三時」誤作「三旬」。

詳可參考竺可楨《東南季風與中國之雨量》（《中國近代科學論著叢刊．氣象學》科學出版社出版）第六節的論證。

52 參閱徐淑英、高由禧《中國季風的進退及其日期的確定》，一九六二年三月《地理學報》第二十八卷第一期第1—18頁。

53 《英國皇家氣象學會季刊》第八十六卷，一九九〇年一月份。

54 本文選自《物候學》，竺可楨、宛敏渭著，科學出版社一九六〇年版，有刪節。

55 胡錫文主編《中國農學遺產選集》，甲類第二種《麥》上編第65頁，一九五八年農業出版社出版。

56 《中國農學遺產選集》，甲類第二種《麥》上編第155頁。

57 《李太白集》卷十二、卷十三，重刊宋本。。

58 《李太白集》卷十二、卷十三，重刊宋本。

59 《白香山集》卷五十三，「萬有文庫」本。

60 顧炎武《日知錄》卷三十一，「潮信」條。

61 陸游《老學庵筆記》卷二。

62 廖仲安《關於王之渙及其涼州詞》，北京《光明日報》一九六一年十二月三十一日。

63 《英國皇家氣象學會季刊》第五十二卷第50頁，一九二六年一月份。

64 本文選自《物候學》，竺可楨、宛敏渭著，科學出版社一九八〇年版，有刪節。

四 改造自然

中國古代在氣象學上的成就 1

氣象學是人類在生產鬥爭中最迫切、最需要、最基本的一種知識。人們若不能把握寒暑陰晴的規律，無論衣食住行都會發生問題的。遠在三千年以前，殷墟甲骨文中，許多卜辭，都為要知道陰晴雨雪而留傳下來。積了多年的經驗，到周代前半期，我們的祖先已經搜集了許多氣象學的經驗，播為詩歌，使婦孺統可以傳誦。如《詩經》裏「相彼雨雪，先集繼霰」，就是說冬天下雪以前，必要先飛雪珠。又如「朝於西，崇朝其雨」，意思是説早晨太陽東升時西方看見有虹，不久就要下雨了。到了春秋、戰國時期，鐵漸漸普遍應用，生產技術和交通工具大有改進，我們天文學和氣象學的知識也大大提高。如二十四節氣的確定，分至啟閉、定期風雲的記錄，桃李開花、候鳥來往的觀察，都在這個時期開始了。《呂氏春秋》、《夏小正》、

《禮記·月令》是秦、漢時代的作品，但仍不失為世界上最早講物候的幾本書。從西漢以來我們氣候知識逐漸地累積，逐漸地增多，這廣大宏富的經驗留傳下來，在民間成為天氣歌詞，如「朝霞不出門，暮霞行千里」這類謠諺。到了文人手中，便引入詩章，像蘇東坡「三時已斷黃梅雨，萬里初來舶棹風」這類詩句。中國各地方天氣謠諺統是從了解自然現象得來，其數目的眾多是世界無雙的。過去朱炳海先生已搜集各地方天氣歌謠，成為專書，但他所搜集的還不過一部份而已。一般地來説，從西漢以來，我們的氣象知識從三方面發展着：⑴觀測範圍的推廣和深入。⑵氣象儀器的創造和應用。⑶天氣中各項現象的理論解釋。在這三方面，我們祖先統有了偉大成就，直到明初，即公元十五世紀時代，我們在氣象學的認識，許多地方都是超越西洋各國的。

⑴在《史記·天官書》中，氣象和天文是混為一談的。從西漢以後，關於特殊的氣候，如大旱、大水、大寒、霜、雪、冰、雹等記載不但繼續增加，而且記錄的地域範圍也不斷擴大，這類記錄詳略很不一致。在各時代，凡是首都所在地的區域，總特別被重視，如東漢時代的河南，唐朝的關中，南宋時代的兩浙，氣候記載特別詳盡。要從這類記錄中來斷定東漢到明、清一千八百年氣候變遷是有好多問題的。

但若加以適當的處理和選擇，仍可作為很有價值的資料。如南宋時代首都在杭州，從高宗紹興元年（一一三一）到理宗景定五年（一二六四）的一百三十三年間，有四十次杭州晚春下雪的記載。從這記載和近來杭州春間終雪，即是春天最後一次降雪日期相比，我們可以推斷在南宋時代春天的降雪期，要比近來延遲兩個星期，卻和上海的終雪期相接近。這就是說，在十二、十三世紀的時候，杭州的春天要比現在冷到攝氏表一度之多。在我們的史書上和各地方方志上，古代氣候記錄的豐富是世界各國所不能比擬的。到明、清二朝，天氣的記錄更要詳細些。北平故宮文獻館裏，原藏有北京、江寧、蘇州、杭州等地的晴雨錄，其中最悠久的是北京的記錄，從雍正二年（一七二四）起到光緒二十九年（一九〇三）凡一百八十年之久，每次下雨雪統記載有日月時辰，可惜沒有尺寸。

(2)在氣象儀器方面，雨量器和風信器統是中國人的發明，算年代要比西洋早得多。《後漢書．張衡傳》「陽嘉元年（一三二）張衡造候風地動儀」，後漢書單說地動儀的結構，沒有一字提及候風儀是如何樣子的。因此有人疑心候風地動儀是一個儀器，其實不然。《三輔黃圖》是後漢或魏晉人所著的，書中說：「長安宮南有靈台，高十五仞，上有天儀，張衡所製。又有相風銅鳥，過風乃動。」是明明相風銅鳥係另一儀器。其製法漢書雖不詳，但據《觀象玩占》書裏說：「凡候風必於高平遠暢之地。立五丈竿。於竿首作盤，上作三足鳥，兩足連上外立，一足繫下內轉，風來則轉，回首向之，鳥口銜花，花施則占之。」可知張衡的候風銅鳥，和西洋屋頂上的候風雞相類。西洋的候風雞，到十二世紀時始見於記載，要比張衡候風銅鳥的記載遲到一千年。雨量器也是在中國最早應用的宋秦九韶著《數書九章》，其中有一算題，乃關於算雨量器之容積。到明永樂末年（一四二四），令全國各州縣報告雨量多少。當時各縣統頒發了雨量器，一直發到朝鮮，朝鮮的文選備考中，有一節講明朝雨量器的制度，計長一尺五寸，圓徑七寸。到清康熙、乾隆年間，陸續頒發雨量器到國內各縣和朝鮮。日本人和田雄治先後在大邱、仁川等地，發現乾隆庚寅年（一七七〇）所頒發給朝鮮的雨量器。高一尺，廣八寸，並有標尺，以量雨之多少，均黃銅製。這是我們所知道的世界現存最早的雨量器，西洋到十七世紀才用雨量器。

(3)天氣歌謠當是氣象學上一種感性認識。天氣現象要得到合理的解釋，必須從感性階段發展到理性階段。如毛主席《實踐論》所講的：「必須經過思考作用，將豐富的感覺材料加以去粗取精、去偽存真、由此及彼、由表及裏的改造製作功夫，造成概念及理論的系統」，這在古代的氣象知識上尤其重要。因為在中國古代的封建社會裏，皇帝的地位是代天行道的，所以一有水旱災荒，皇帝便想用祈禱或是旁的作為來改動天時。東漢王充第一個指出這種唯心論的不可靠。他的《論衡．明雩篇》裏，舉了許多例子。他的結論是：「人不能以行感天，天亦不隨行而應人。」雷、雹、冰、雹是空中最可恐怖的一種現象，許多人以為空中的雷神或龍王在作怪。王充《論衡》裏龍虛、雷虛兩篇，完全把這類迷信說穿了，而且他把雷的起因亦說得合乎近代的理論。他說：「雷者太陽之激氣也，何以明之，正月陽動，故正月始雷。五月陽盛，故五月雷迅。秋冬陽衰，故秋冬雷潛。」王充算是一位唯物主義者，他這種革命主張，應該對於中國科學上建立一種發酵作用，和西洋十五世紀時代哥白尼的推翻太陽環繞地球學說一樣。可惜他的非難孔孟的議論，不但見忌於封建帝王，而且得罪了當時的士大夫。所以他的學說一直沒有被人重視。到了宋朝，氣象學上的理論稍稍受到注意。北宋沈括，是很留心天氣預告的人。據《夢溪筆談》裏所講，他的預告天氣很精確，受到宋神宗的重視。他出外旅行五更即起，四望星月皎潔，天無片雲，才啟程前進。到中午以前，即便住下。如此辦法很少遇到風暴。到如今四川、貴州各村鎮的小客棧門前紙燈上家家寫有「未晚先投宿，雞鳴早看天」

的對聯，猶是沈括的遺風。沈括解釋虹說：「虹，雨中日影也，日照雨，即有之。」可惜他那時不知道有折光反射之理。比沈括稍後，南宋朱熹很留心雲雨生成的道理。《朱子語錄》說：「氣蒸而為雨，如飯甑蓋之，其氣蒸鬱而淋漓。氣蒸而為霧，如飯甑不蓋，其氣散而不收。」這是很淺近的譬喻。一經說破，便覺淺近易知。正如地球繞日，現在婦孺皆知，但以古代那個時候的知識水準，要創立起來這種解釋，是不容易的。

從明初以後我國知識分子受了八股文的劫難和束縛，對於氣象學理論上就再沒有甚麼貢獻。西洋卻在明朝末年，因為伽利略和他的弟子發明了氣溫表與氣壓表，再加其他物理學上的重要發現，氣象學慢慢建立成為自然科學。

二十八宿與渾天儀 2

我國有二十八宿，印度也有二十八宿。我們若把中國二十八宿和印度二十八宿相比較，知道中國二十八宿距星和印度相同者有角、氐、室、壁、婁、胃、昴、觜、軫九宿。距星雖不同，而同在一個星座者有房、心、尾、箕、斗、危、畢、參、井、鬼、柳十一宿。其距星之不同屬於一個星座者，只有亢、牛、女、虛、奎、星、張、翼八個宿。而其中印度卻以織女代我們的女宿，河鼓即牛郎代我們的牛宿。從此可以知道，二者是同出於一源的。這二十八宿究竟起源於中國還是起源於印度，從十九世紀初葉起，西洋人熱烈地辯論了一百多年，不得結論。但從中國二十八宿以角宿為帶頭的和牛、女兩宿的變動看起來，二十八宿的發祥地無疑是在中國。

二十八宿的全部名稱，雖到秦漢時代的《呂氏春秋》、《禮記·月令》、《史記·天官書》、《淮南子》等書裏才看到，可是《詩經》裏已經有火、箕、斗、定、昴、畢、參、牽牛、織女諸宿之名。大概在周朝初年已經應用二十八宿。到戰國中期，楚人甘公、魏人石申，著有《甘石星經》。書中載有一百二十八個恒星黃道度數和距北極的度數。從這些數目，可以斷定這位置是戰國中葉，即公元前三百五六十年所測定。西方古代最著名的恒星表要算托勒玫的恒星表，在公元後二世紀所成，係抄錄公元前二世紀伊巴谷觀測的結果。其中載有一千零二十個恒星的位置。《甘石星經》所載的星數雖然較少，但觀測年代卻早了二百年，而且精密程度也不相上下。西洋最早的《恒星表》是希臘阿列士太婁和地莫切利司二人合著的，也在《甘石星經》之後七八十年，到了東漢和托勒玫同時的張衡，已知「到中外之宮，常明者百有二十四，可名者三百二十，為星二千五百，而海人佔未存焉」。張衡創渾天學說；做渾天儀，立黃赤二道，相交成二十四度；分全球為三百六十五度四分度之一；立南北二極；佈置二十八宿及日月五星，以漏水轉之。某星始出，某星方中，某星今沒，和實際完全一樣，其精巧為以前中外所未有。張衡不但對於天文有很好的成就，他還發明了候風地動儀。同時他也是有數的文學家和藝術家。他死後崔瑗為之撰碑說他「數術窮天地，製作侔造化」。無疑地像張衡這樣的人，在任何時代、任何國家，統可成為一個鳳毛麟角的人物。

我國東部雨澤下降之主動力 3

我國東南季風來自海洋，含充份之水汽，其為雨澤之源，可無疑義。唯此等水汽何由凝結而成雨澤，頗可資研討，推其原因，必有一種因素，使此氣流上升，體積膨脹，溫度低降，而所含之水汽乃得凝結為雲雨冰雪。上升愈高，速率愈大，則所降之雨澤亦愈多。所以致氣流上升之道凡三：曰地形，曰日光輻射，曰風暴；而風暴復有颶與颱之別。我國東部各省無綿亙不絕之高山，雖據天台、廬山、泰山、嶗山諸測候所之記載，其雨量勝於平地，但此等孤立山峰所成之地形雨，均囿於局部小面積，無關宏旨。日光輻射於地面，使岩石泥土炎熱可炙，下層空氣與地面相接觸，則溫度升高，體積膨脹而上騰成對流。由對流作用而使近地面之潮濕空氣扶搖直上，因以行雲致雨者，是即夏季之熱雷雨，以陽曆七、八兩月為多。

北京、濟南之雷雨集中於夏季六、七、八三個月，至長江流域則春季三、四、五各月雷雨亦漸盛行，至廣州則春季雷雨之多，不亞於夏季矣。

風暴有颱風與溫帶風暴之別。颱風源於熱帶，故稱熱帶風暴，與溫帶風暴性質不盡相同。颱風初由東南趨向西北，入溫帶後改道由西南趨向東北。溫帶風暴則概自西向東，或自西南趨東北，或自西北趨東南，鮮有自東趨西者。此二者皆能使地面附近之空氣上升，因以騰雲致雨，而其種因則不同。溫帶風暴由於來源不同，溫度、速度懸殊之兩種空氣相遇於一處，結果遂成所謂不連續面，熱氣流受冷氣流之襲擊而上升，遂以造成雲雨。我國冷氣流，冬季來自西伯利亞與蒙古，夏季則取給於東北太平洋。暖氣流則淵源於南海，東南季風即挾載暖氣流至中國之最重要工具也。閩、粵一帶地處南陲，冷氣流至此已成強弩之末，故溫帶風暴鮮有蒞止者。長江流域在冬春之交為冷暖氣流互相消長之地，故三、四、五、六各月長江流域颶之數亦特多。華北與東北則春、冬、秋各季風暴之數遠在長江流域之後，但一交夏令，則颶風反多於長江流域。蓋當六、七月之交，東南季風盛行於我國，長驅直入以至蒙古邊境，此時冷熱空氣流交錯之處北移，不連續面亦隨之以北，華北、東北之雨量乃因以激增。

颱風或熱帶風暴則起源於赤道左近，北半球之東北信風與南半球之東南信風相匯集而成旋流。此二種氣流溫度不相上下，故無不連續面存在其間。但因二者風速、風向不相同，故捲成渦流；渦流既生，氣壓降低，而四方氣流群趨之，使中心之氣流上升遂成旋風。太平洋中菲律賓群島之東部，於夏、秋之交，為南北兩半球信風交錯之處，故是處最易產生颱風。颱風成立而後，漸向西北移動，由呂宋、琉球、台灣而侵閩、粵、江、浙之沿海。凡其所至吸引附近空氣捲入漩渦，而使之上升，釀成滂沱大雨。

綜上所述，足知降於我國各部之雨澤，乃由東南季風自南海挈載而來。然東南季風所含水汽非使其上升則不能釀成雲雨。而上升之道或由於山嶺之梗阻，或由於日光輻射之吸收，或由於不連續面，或由空中之旋流，因是而有地形雨、雷雨、颶風雨與颱風雨之別。在我國東部連綿不絕、嶙峋巍峨之山嶺，尚只限於局部，故地形雨不佔重要位置。雷雨除華南而外，只限於夏季六、七、八各月。颱風雨影響於閩、粵沿海最大，而集中於七、八、九各月。颶風雨則各月皆有，唯華北在冬季因空氣乾燥，故雖有颶風而無雨；華南則冷氣流已成強弩之末，故終年颶風甚鮮；長江流域所受於颶風雨賜者獨多，此所以長江流域各月雨量之分配亦較華南、華北為平均也。

論祈雨禁屠與旱災[4]

本年（一九二六）自入春以來，長江、黃河之下游，以及東北沿海一帶，雨量極形缺乏。據上海徐家匯氣象台之報告，上海本年雨量之稀少，為三十四年之所僅見。計自陽曆一月至五月，本年合共雨量只抵往年同時期內平均百分之六十一。山東、直隸、奉天（今遼寧）各省，亦紛紛以旱災見告。於是各省當局，先後祈雨禁屠，宛若祈雨禁屠，為救濟旱災之唯一方法。此等愚民政策，若行諸歐、美文明各國，必且被詆為妖妄迷信，為輿論所不容。而在我國，則司空見慣，反若有司所應盡之天職，恬不為怪。夫歷史上之習慣，是否應予以盲從；愚夫愚婦之迷信，是否應予以保存，在今日科學昌明之世界，外足以資列強之笑柄，內足以起國人之疑竇，實有討論之必要也。

大旱祈雨之事，在我國起源極早。《周禮·司巫》云，若國大旱，則師巫而舞雩。又《女巫》云，旱暵則巫雩。《禮記·月令》云，命有司為民祀山川百原乃大雩。《詩·雲漢》：

倬彼雲漢，昭回於天。王曰於乎，何辜今人！天降喪亂，饑饉薦臻。靡神不舉，靡愛斯牲。圭璧既卒，寧莫我聽？

旱既大甚，蘊隆蟲蟲。不殄禋祀，自郊徂宮。上下奠瘞，靡神不宗。后稷不克，上帝不臨。耗斁下土，寧丁我躬。

又漢何休註《春秋公羊傳》曰：

旱則君親之南郊，以六事謝過自責：政不善歟？使人失職歟？宮室崇歟？婦謁盛歟？苞苴行歟？讒夫昌歟？使童男童女各八人而呼雩也。

在君主專制時代，天子撫有兆民，代天行使職權，偶有災荒，即當引咎自責。「故耗斁下土，寧丁我躬」之口吻，出之於當時之天子，極為得當。即在今日視之，亦只能認為科學未明，知識不足，要非敷衍之政策也。自來祈雨之誠，無過於北宋之張士遜。《宋史．張士遜傳》：[5]

> 士遜字順之……為射洪令，後知邵武縣，以寬厚得民。前治射洪以旱禱雨白崖山陸史君祠，尋大雨，士遜立庭中，須雨足乃去。至是邵武旱，禱歐陽太守廟，廟去城過一舍，士遜徹蓋，雨霑足始歸。

張士遜之愚，雖不可及，而其誠要足嘉，以視普通官吏之祈雨為循行故事，官樣文章者，已足多矣。

且我國號稱共和，則上自總統，下迄知事，應對於人民負責。旱潦災荒，須備患於未形，植森林，興水利，廣設氣象台。不此之圖，而唯以祈雨為能事，則雖誠慤如張士遜，夫亦何補哉？

禁屠善政也，若干科學家主張蔬食不背於衛生，而在人滿為患之中國，則蔬食尤宜提倡。據英國第二生產率委員之調查，謂「每一百英畝的土地，若種馬鈴薯，可以供給四百二十個人的食用；若種草飼牛，便只能供給十五人」[6]。足知日食膏粱之靡費。世界人口日多，恐將群趨於蔬食之一途。唯禁屠何為必於旱潦之時，則殊無理由之足言。禁屠與祈雨並提，其俗大抵傳自西域。秦、漢之際，未聞有此習俗。六朝梁武帝酷好佛教，捨身同泰寺者屢矣，而武帝天監元年（五〇二）、十年（五一一）均有事於雩壇。大同五年（五三九），又築雩壇於籍田兆內，四月後旱，則祈雨行七事：一理冤獄及失職者，二賑鰥寡孤獨，三省傜役，四舉進賢良，五黜退貪邪，六命會男女恤怨曠，七徹膳饈弛樂。[7] 此與何休註《公羊傳》所引大同小異，特增六事至七事，而徹膳饈弛樂為何休註所無，實開後世禁屠祈雨之濫觴。《北齊書》：

> 孟夏後旱，則祈雨行七事（如梁之七事）。七日祈岳鎮海瀆，及諸山川能興雲雨者，又七日祈社稷及古來百辟卿士有益於人者，又七日乃祈宗

> 廟及古帝王有神祠者，又七日乃修雩祈神州，又七日仍不雨復從嶽瀆以下祈禮如初。秋分以後，不雩但禱而已，皆用酒脯。初請後二旬不雨者，即徙市禁屠……

據南宋鄭樵《通志》所載，則我國歷史上禁屠以祈雨，當以此為始。六朝之際，胡僧往來頻繁，其影響於我國之風俗習慣者頗多，而以北朝為甚。則禁屠以祈雨，非我國本有之習俗，乃傳自胡僧，安可以為後世法？況當時祈雨行七事，而徹膳饈列於殿，其視為無足輕重可知。苟欲師法前人，亦不當捨本逐末。而近代官吏每逢乾旱，不理冤獄，不賑鰥寡，不省徭輕貨，不黜退貪邪，而唯硜硜於屠之是禁，不亦數典而忘祖耶？

但苟在今日無冤獄之可理，無鰥寡之可恤，無徭貨之可輕，無貪邪之可黜，猶可言也。特今日之軍閥，往往為一己之地盤，不惜犧牲數千百無辜之生靈。自我國有歷史以來，人民在水深火熱之中，如現代者，亦不多覯，然則如欲禁屠以免天譴，亦應自禁軍閥之屠戮人民始。

但祈雨之迷信尚有甚於禁屠者。去歲七月湘省旱災，省當局迎陶、李兩真人神像入城，供之玉泉山。不雨則又向藥材行借虎頭骨數個，以長索繫之，沉入城外各深潭之中，冀蟄龍見之相鬥，必能興雲佈雨。又無效，則迎周公真人及所謂它龍將軍者，並供之於玉泉山廟。仍無影響，則又就省公署內，設壇祈雨，按照前清紀文達公《慎齋祈雨》印本。此事載諸去歲七月滬上各報，[8]事將一載而尚未見更正，當為事實。幸七月十四、十五日，長沙一帶，即有驟雨。若不然者，當時湘省當局必另設新奇玄妙之方法以祈雨。長沙既不在沙漠帶內，則在盛夏之際，天天祈雨，當必有奏效之一日也。

《左傳》雖有「龍見而雩」之言，《易》雖載有「雲從龍」之說，但媚龍以求雨，古時敘述最詳者當推漢之董仲舒。依《春秋繁露》，[9]則春旱求雨以大蒼龍，夏以大赤龍，季夏以大黃龍，秋以大白龍，冬以大黑龍。此外尚有取蝦蟆、燔豭豬之術，其說荒誕不經。董書早有人疑其為偽，或為隋、唐時人所作，亦未可知。自魏、晉以後，佛教盛行於中國，而召龍致雨之法，遂為當時人主所倚重。《圖書集成》[10]載：

僧涉者，西域人也，不知何姓。少為沙門，苻堅時，入長安，能以秘咒下神龍。每旱，苻堅使之咒龍請雨，俄而龍下鉢中，天輒大雨。

又唐李德裕《明皇十七事》謂：

> 玄宗嘗幸東都，天大旱且暑，時聖善寺有竺乾僧無威號三藏善召龍致雨之術……

足知召龍致雨，為西域印度僧人愚人之術。至於禮拜偶像，其屬迷信更無足聲辨。近者風傳魯省當局，又有焚千佛山鳴炮打龍王之說。《春秋繁露》[11]謂：「大旱雩祭而請雨，大水鳴鼓而攻社。」則今之大旱鳴炮而攻龍王者，固亦無足異也。

但我國古時執政者，留心民事，其補救旱潦，不出以迷信而以科學方法者，則亦代有其人。所謂科學方法者何？即實測各州縣歷年之雨量，洞悉各種農產水量需要之多寡，然後因地擇相宜之農產而種植之，使季候不致失時，旱潦不致常見是也。要而言之，則測量雨量實為救濟水旱災荒之唯一入手方法。因不然，則不能知該地之適於何種農產，遑論其他。而調查雨量，我國自漢以來即有之。鄭樵《通志》[12]

載：

後漢自立春至立夏盡立秋，郡國上雨澤，若少，郡縣各掃除社稷，公卿官長以次行雩禮。

又顧炎武《日知錄》[13]謂：

洪武中，令天下州長吏，月奏雨澤。蓋古者龍見而雩，《春秋》三書，不雨之意也。承平日久，率視為不急之務。永樂二十二年十月（仁宗即位），通政司請以四方雨澤章奏類送給事中收貯。上曰：「祖宗所以令天下奏雨澤者，欲前知水旱以施恤民之政，此良法美意。今州縣雨澤，乃積於通政司，上之人何由？知又欲送給事中收貯，是欲上之人終不知也。如此徒勞州縣何為？自今四方所奏雨澤，至即封進朕親閱也。」

仁宗所謂「欲前知水旱以施恤民之政」，確為扼要之言。所以防患於未然，意至善也。以視今之禁屠祈雨，災象已成而始臨時抱佛腳者，其識見固不可同日而語也。

且我國古時之測雨量，其為法亦甚精密，其儀器製法，在我國雖已湮沒無聞，而在朝鮮之文獻中，猶可得其梗概。《西遊記》唐魏徵夢龍王語云：

> 明日辰時佈雲，巳時發雷，午時下雨，共得水三尺三寸零四十八點……

其語雖似神話，但至少可知元、明時代，[14]我國曾有以尺度量雨之觀念。而我國古代之曾有量雨器，則可以朝鮮之記錄證之。朝鮮之有量雨器，始於李朝世宗七年，即明仁宗洪熙元年，亦即成祖去世之翌年（一四二五）。[15]其制度具見《朝鮮文鮮備考》中計長一尺五寸，圓徑七寸。明成祖既極關心於雨量之測度，則當時朝鮮之測雨器，必傳自中國無疑。惜其器至今無存者，但已足以確定量雨器為我國所發明，蓋歐、美各國至十七世紀中葉始有是器也。

迨前清康熙時（朝鮮肅宗），復製有測雨器，分頒各郡，高一尺，廣八寸，並有雨標，以量雨之多少，每於雨後測之。均係黃銅所製。日人和田雄治在大邱、仁川、咸興等處，先後發見乾隆庚寅年（一七七〇）所製之測雨台，如圖所示。由此可知我國自洪武、永樂以來，其測雨之制度儀器，已不無蛛絲馬跡之可尋。若在他國，將以先歐、美各國而發明自豪，而在我國人士則懵然無所知，其父斫薪，其子弗克負荷，可勝嘆歟！

一九二二年，中華教育改進社在濟南開年會時，中央觀象台曾有請各省於每縣擇一中學或小學擔任報告雨量及暴風雨案，當經大會議決，並由教育部行文至各省教育廳，訓令各縣辦理其事。計其所費儀器一項，不過五元之數，洵可謂輕而易舉。乃各省縣均置若罔聞，視為虛文，至最近則教育部以經費支絀，竟有以中央觀象台抵押借款之說矣。在平時不講求以科學之方法調查雨量，及至旱魃為災，乃唯知祈雨、禁屠、求木偶、迎龍王。以我國

當局之所為，而欲列強之齒我於文明諸邦之列，安可得哉？

禁屠祈雨，迎神賽會，與旱災如風馬牛之不相及，在今日科學昌明之時觀之，蓋毫無疑義。欲明此理，吾人不得不研究雨之成因。雨乃由空中之水汽凝結而成。凡近地面之空氣，均含有水汽，不特海洋曠野上之空氣有之，即沙漠中之空氣亦包含有若干。空中之降雨與否，要視乎水汽之能否凝結為雨點而定。凡空中溫度愈低，則其所能含受之水汽亦愈少，是故空中溫度若由寒而熱，則必吸收地面上之水份；若由熱而寒，則空中一部份之水汽即凝結成雲、霧、雨、雪。是以空中溫度之低降，實為降雨之最要條件。《朱子語類》：

氣蒸而為雨，如飯甑蓋之，其氣蒸鬱而淋漓。氣蒸而為霧，如飯甑不蓋，其氣散而不收。

朱晦庵所引比喻雖確切，但言其然，而不明其所以然。鑊中之水由燃燒達沸騰點而汽化上升，飯甑之蓋，溫度較低，故水汽遇之而凝結，此其理最明顯。大地之上雨雪之成，殆亦類是。雨之所以成者，由於水汽溫度低降達露點而凝結，而溫度低降之原因則由於上升。特地面非若鼎鑊之受爨炊，其上升之原動力則不同耳。

然則地面上之空氣曷為上升乎？其故有三，而其結果皆足以致雨。

(1)由於海洋上或平地上之空氣吹向山麓，逼迫使之上升。《天中記》[16]載：

大小漏天，在雅州西北（今西川雅安縣），山谷高深，沉晦多雨。黎縣常多風，故有黎風雅雨之稱。

雅州之多雨固由於地面之高，易受上升之風也。世界雨量最多之地，首推印度喜馬拉雅山麓之乞拉朋齊（Chirrapunji），每年達一萬一千毫米，十倍於上海、南京等地常年所受之雨量。其雨量之所以豐沛，亦與四川雅安同一原因。此外如南美安第斯山，北美希埃拉山，歐洲之阿爾卑斯山，皆為多雨之區，亦職此故。

(2)地殼內之熱量，對於空氣之溫度雖不能生若干之影響，但垂麗於天之日球，其光芒達於地面，使岩石之溫度激增，有類朱晦庵所喻之飯甑也。空氣經蒸熱而上升，遂以成雲致雨。此等雨多為局部的，夏日之雷雨即其例也。火山爆發時挾巨量之熱氣熔岩上升，亦能致傾盆之大雨。

(3)但大多數之雨量，均為風暴所造成。風暴之組織，本篇以限於篇幅，不能敘述。但據近代挪威教授皮雅克尼斯（Bjerknes）之說，則風暴中之所以降雨，乃由兩種溫度不同之空氣，一來自南，一來自北，二者相遇，寒者重而熱者輕，於是溫暖之空氣乃為寒冷之空氣所逼而上浮。在溫帶中各處春、秋、冬三季之雨量，大抵起源於風暴。

空氣之上升，雖為降雨之最要條件，但必空中本含有多量之水汽而後始有效。是故沙漠中地面溫度雖高，雖有風暴，而卒不降雨。濱海之地以及各島嶼上，雨量極為豐富，則以其空氣之濕潤也。

綜上所述，足知焚山放炮，雖足以釀成空氣之上升，但力不足以致雨。美國之天然林，往往因故被焚，延燒數十百里，熱氣上騰，而成雲者有之，但因而降雨者則尚未有所聞，至於禁屠迎會，其不能影響於雲雨也蓋明甚。

然則氣象台之設立，果足以阻止旱災之流行歟？曰，是又不然。氣象台之責任，首在調查各地雨量之多寡，以及歷年來雨量變遷之情形。次則在於說明各年度、各地方雨量變遷之原因。知雨量變遷之原因，則雖不能消彌旱災於無形，但亦可防患於未然。我國之調查雨量，雖於後漢已見其端，至明初而制度大備。但迄今歐、美各國，雖均從事於此，獨我國返落人後。國內各地歷年雨量之記錄，反賴法、日、英、俄諸國人士得以保存。

我國各處雨量多寡不一，多者如香港達 2000 毫米，牯嶺達 2600 毫米，少者則新疆疏勒年僅 87 毫米。西藏之拉薩與江孜不過 200 毫米至 350 毫米，但旱災並不視乎一地點雨量之多寡而定。蓋雨量稀少之處，其所種植之農產，耕耘之制度，以及人口之多寡，均與雨量豐沛之處不同。古代人民已按各地之環境，相地之宜，而培適當之農產品。故雨量最少之地，未必為旱災最酷之處也。

旱災之多寡，實視乎一地雨量變更之程度而定。設甲乙二地，平均雨量每年均為 1000 毫米，苟甲地雨量年年無大出入，總在 1000 毫米左右，而乙地則有時僅 500 毫米，而有時則達 1500 毫米，其總平均之數雖與甲地不相上下，但甲地風調雨順，而乙地則水旱頻仍矣。

東亞各國，因在季風帶內，故雨量多寡之變遷，遠過於歐洲。雨量變遷之劇烈與否，在氣象學上，以雨量之變率定之。以一地之平均雨量作為百分，則變率者，即各年雨量與平均相差之百分數。設甲地雨量第一年為 1000 毫米，第二年亦為 1000 毫米，其變率即等於零。又設乙地之雨量第一年為 500 毫米，第二年為 1500

毫米，其平均雖與甲地相等，但乙地雨量之變率即為50%。變率復可以兩種方法定之：一曰平均變率，即各年變率之平均百分比也；二曰最高百分比或最低百分比，即在若干時期內，雨量最豐之年或最少之年之百分比也。

依德國氣象學家漢恩（Hann）之推算，則歐洲各處雨量之平均變率為12.5%，西伯利亞為25%。故西伯利亞雨量之變率，倍於歐洲，苟施以開墾，則旱潦勢必多於歐洲。但在我國，則雨量之變率，較西伯利亞為尤大。如南京之平均變率為28%，至於黃河流域，變更當尤為劇烈。旱災之來，在於雨量最少之年份，其理至明。一九二〇年，北京雨量之數僅及常年44%，卒釀民九北方五省之旱災。本年前五個月，上海雨量僅及常年的61%，內地尤少，南京不過常年的45%，若於梅雨期內不多降甘霖勢亦必釀成旱災也。歐洲五十年間雨量最高之數達平均152%，最少之年達常年的54%。在同時期內，印度雨量之最高百分比達214%，最小百分比僅37%。知乎此，則印度之所以不時饑饉薦臻者，不難曉然也。我國各處極少五十年繼續不斷之雨量記錄，有之，則唯上海徐家彙之記錄。自一八七三年至一九二二年五十年中，上海雨量最高百分比為138%，最小百分比為60%。但上海以接近海洋，實不能代表中國全體。愈至內地則百分差亦愈大，如南京自一九〇四年至一九二三年中，最高百分比即達160%，最小百分比為53%，已較歐洲之變率為大矣。

以上所述，均關於氣象台記錄雨量與計算變率之方法。至於雨量多寡之能否預告於事先，乃另一問題。目前歐、美各國氣象台，其預告天氣僅限於三十六小時以內，其預告一週以內之天氣者，已屬鮮見。至於數月或半年以後之雨暘寒燠，則無一氣象台願做正式之預告者，誠以氣象學尚未發達至一程度，可以預料半年後之天氣而有把握也。

但有若干氣象家，業已盡力研究長期預告之方法，而尤以印度與日本之氣象家為尤。因兩國均多旱災，欲避免其切膚之痛也。印度氣象局局長英人沃克（Walker），且已研究得有良好之結果，可以於年終時預料翌年印度夏季之雨量，其正式預告不久將施諸實行，若再加以年月，旱災之來，或可預防於事先也。

但氣象學家欲為長期的預告，其術固何由乎？依現時所知，則最有希望之途徑有三：(1)以過去本地或他方之氣候狀況，測本地將來之氣候狀況。(2)以現在海流之情形，測將來之天氣。(3)以日光之發射熱量之多寡，測將來之氣候。試分述之：

(1)印度氣象局局長沃克之能在本年之冬預告翌年夏季之雨量者，即用此術。沃氏研究世界各地歷年來氣候狀況之變化，廣為搜羅，遂知各地氣候要素均互有關係，如手臂之相連，其結果具見英國氣象局所出之報告中。由此研究，沃氏斷定印度冬季氣壓之高下，足以左右翌年夏季雨量之豐歉，而其預告即根據於此。

日本中央觀象台台長岡田武松氏對於此項研究，亦頗有所貢獻。岡田以日本米之收穫量，與陽曆7、8兩月之溫度最有關係，故其研究特注意於日本七、八兩月之溫度。據岡田研究結果，知上海在陽曆一月至三月間氣壓之變率，極足以影響於日本七、八月間之溫度，其相關系數達0.78之多，關係可謂密切。故知上海春季之氣壓，實足預料來秋日本米價之平昂也。

(2)洋流對於大陸上氣候之影響，至為深厚。歐洲西北部各國氣候之所以良好，其受賜於墨西哥洋流者，頗非淺鮮。近來氣象學家日漸感覺測量海水溫度之重要，以其足以影響於大陸上之雨量，且可賴以測旱潦也。如美國加利福尼亞州之麥克尤恩（G.F. McEwen），在一九二三年秋即能預料該處是年冬季雨量之缺少，蓋美國西部沿海海水溫度高，即為次季雨量稀少之預兆也。明詩綜引瓊州諺云：「海水熱，穀不結。海水涼，穀登場。」[17]

雖為俚諺，實有至理存於其中，其詳細原理，當另為文論之。約而言之，則我國各處氣壓冬高而夏低，是以雨量夏豐而冬欠。若春、夏之交，海水熱，則其結果能使海洋之氣壓低減，而大陸上之氣壓增高，雨量必減少，而災象成矣。

日本自大正二年東北地方北海道等地發生大饑饉，遂引起一般人士預知天氣之渴望。於是農商務省農務局、東京帝國大學、西原農事試驗場、北海道帝國大學等諸機關均開始研究長期預告天氣之問題。當時遠藤、安藤、稻垣諸博士，對於長期預告天氣之方法曾各發表意見，大抵注目於海水之溫度與太陽中之黑子，為解決此問題之樞紐。

(3) 地球上之所以有冬夏晝夜，所以能降雨生風，全賴於日光。日光之強弱，稍有變遷，則地球上之氣候立受影響。美國史密森學社（Smithsonian Institution）自十九世紀末葉以來，即注意於日光輻射量之測定。至近二十年來，其測量方法乃益臻精密，證明日球所發射之熱量日有變遷。至一九二二年七月間，南美洲阿根廷中央觀象台，乃根據史密森學社天文台每日所報告日光輻射量之多寡，以預測一週以內之降雨量，結果甚為佳良。將來日光研究更為精密，則長期之天氣預告亦意中事也。

日中黑子與日光輻射量，亦至有關係。日中黑子之發明，首在我國，故歷史上自晉代以後，即有記錄。其能影響於氣候，當可無疑，特其能影響至如何程度，則不可知耳。但將來日光輻射之測量更臻精密而後，其足以為長期預告之利器，亦在意料中也。

旱災之多，在世界上我國當首屈一指。則政府人民，當如何利用科學以為防禦之法，研究預知之方，庶幾亡羊補牢，懲前或可以毖後。若徒恃禁屠祈雨為救濟之策，則旱魃之為災，將無已時也。

紙鳶與高空探測 18

探測高空的利器最要的有三種：⑴風箏或紙鳶；⑵氣球；⑶飛機。

三者之中以紙鳶起源為最早，而且是我們中國人所發明的。《韓非子》裏說：「墨子為木鳶，三年成飛。」此或係無稽之談，不足徵信；但《通鑒》載：「梁武帝太清三年，有人獻紙鳶。」依《裨海》本唐李亢撰《獨異志》：「侯景圍台城，簡文飛紙鳶告急於外。」則至遲六朝時代，我國已知用紙鳶為戰用品矣。以紙鳶測量高空，始於英國人威爾生，於一七四九年在格拉斯哥（Glasgow）地方，以風箏帶溫度表高達雲層，不久美國著名政治家富蘭克林（B. Franklin）用風箏證明下雷雨時的電閃，和人造電池裏的電是一樣性質。當時歐洲所用風箏，大概係絲織品所製。到一八三二年澳洲人哈克萊扶（Horgrave），開始用方箱式風箏。後來各氣象台所用風箏多仿是式，其中可安放儀器以測量空中之溫度、濕度、電位等等。在十九世紀末葉，施放風箏極為通行，美國人羅奇（L. Rotch）、法國人波特（Teisserene de Bort）尤為熱心，幾於每日施放。近二十年來，因為飛機和氣球的應用更為便利，所以風箏施放逐漸減少了。

風箏的測探高空有三個缺點：第一個缺點在於風力小時不能施放。普通方箱式的風箱，非有每秒鐘七米（約每小時十五英里）的風力不能上升，就是改良德國式的風箏，亦要每秒鐘四米的風力。所以浙江一帶鄉村中有句俗語，叫「正月看燈，二月看鷂」。鷂就是紙鳶，江浙一帶，一年中風力最大的是在陽曆三月即陰曆二月，所以放紙鳶必在陰曆二月間也。明王逵撰的《蠡海集》有云：「即紙鳶以觀之，春則能起，交夏則不起。」亦是因為風力春強而夏弱也。風箏的第二個缺點是高度的限制。風箏的上升既全恃風力，他的本身和牽拉的繩索統比空氣重，所以升騰的高度極為有限，普通不過二三公里為止，鮮有能達五六公里。歷來風箏所達最高的紀錄是 9.47 公里，尚不到十公里也。第三個缺點是牽拉風箏線索所能引起之危險。中國放風箏普通用麻線、棉繩，在歐、美目前統用鋼絲。數萬千尺的鋼絲，在空中翱翔，妨礙飛機的航行，所以飛機往來絡繹的地方，尋常禁止施放風箏，軍政部航空署亦曾在首都附近禁止人民放紙鳶，萬一鋼絲中途斷折，更可發生意外。有一次波特在巴黎放風箏，鋼絲被風吹斷，萬餘尺的鋼絲隨風飛舞、四散橫披，結果河中船舶當之竟為覆沒，甚至攪阻鐵路軌道，火車為之停駛。一九三二年十月三日，國立中央研究院氣象研究所在北京清華園施放風箏，亦以風力過強、上下風向不同，萬餘尺的鋼絲竟隨風飄揚而去。後以汽車追逐，費一小時餘而得收回，竟未肇禍尚稱幸事。

氣球航行之歷史[19]

不翼而飛，古人稱奇。然公輸班造木鳶以攻宋，已見《墨子》。而希臘古書亦相傳第達拉斯（Daedalus）能以鳥羽膏擘，飛騰空中，往來自如。降及中世，羅球・倍根已預料人生將來之能航行於空中。足知吾人天賦比重雖較空氣大至數百倍，然其衝霄之志，欲登青雲而直上，則由來然矣。

特以上所述，不過哲學家之幻夢耳，畫餅充饑，尚未能見諸實行也。空中航行實始於十五世紀之末葉而盛於十八世紀之中葉。一七六六年英國著名化學家卡文迪什（Cavendish）發明氫氣，自後翺翔空氣，出入浮雲，遂易如反掌。按空中航行之利器約可分為兩種：⑴飛船，齊柏林飛船其尤著者也；⑵飛機，如柯蒂斯（Curtis）雙葉飛機。飛機猶鳥，其比重遠大於空氣，所以能行空致遠者，全賴機械運行之力。飛船則不然，其本身之比重，實較空氣為輕，故其上升猶舟之浮於水。飛船、飛機科學之理既異，故進化之歷史各殊。

十三世紀中葉，羅球·倍根提倡以熱空氣置諸薄片銅球內以行空，事雖不果行，實為近世氣球之濫觴。至一六七〇年拉那（Lana）仿倍根之說而更進一層，即取四銅球抽盡其中空氣而置之於舟旁以代楫，冀變此浮沉之舟為衝霄之鳥。然銅球面殼力弱，不能抵禦外界空氣之壓力，至不適用，然其意可嘉矣。以飛船行空者，當首推巴西人孤斯茅（Gusmao）。孤斯茅別名「飛將軍」，於一七〇九年八月八日在葡京里斯本皇宮內，乘一熱空氣球上升，高與屋齊，「飛將軍」之名遂聞於全歐。彼乘球上升，高不過百尺，時不過片刻耳。

自卡文迪什發明氫氣以來，而氣球遂通行於西歐。一七八三年，法人孟特哥爾飛（Montgolfier）偕其弟悉心試驗，或以氫氣，或以熱空氣，盛於不出氣之布袋內而使之上升，自數百尺至數十尺不等。翌年六月乃廣告眾庶，約於某日在法國安諾內（Annonay）放氣球，至期觀者塞途。孟特哥爾飛乃以火燃麥稈羊毛，而將其煙霧灌入布袋內，至袋脹至二萬三千立方英尺時乃放而縱之。袋漸升漸高，直入雲霄，至六千英尺始下降。蓋袋中熱氣與外面空氣相觸，漸變寒冷，以致袋縮也。降時速率極緩，故雖墜於壟畝之中而禾黍無傷，觀者均嘖嘖稱羨。未久而此事已轟動全國矣。

法國科學會聞信即遣人往安諾內聘孟德哥爾飛昆仲，往巴黎重放氣球，並調查六月五日放氣球的一切情形。然巴黎急不能待，皆以早睹為快，乃捐銀一萬鎊，令著名物理學家查爾斯（Charles）[20]與機匠羅培德立即造氣球。查爾斯乃獨出心裁，精益求精，不用煙霧而用氫氣，不用麻布而用絲綢。其製氫氣也，將鐵屑半噸傾諸硫酸五百磅，經三日始得氫氣足以裝滿此長徑十三英尺之絲製氣球。該球外面塗滿橡皮，俾氫氣不能透出。諸事具備後，於一八七三年八月二十七日晨巴黎之陸軍操場試放，時大雨傾盆，然觀者仍摩肩接踵，傾城而來，計達五萬人。至傍晚六點鐘時，忽聞炮聲隆然，則氫氣球逐漸上升，球形愈高愈小，隱現出沒雲霧中，至半英里時狀僅大如拳耳。當時巴黎人士，見所未見，莫不咋舌引頸，神與具馳，直至不能見時而散。散後三五成群，議論紛如，或謂氣球可以偵敵情、破競旅，或欲乘以越峻嶺、渡弱海，任心而繞地球，信口至謂星可以摘、月可以捕矣。

氣球升愈高，則球外空氣壓力愈小，球內氫氣因以膨脹，絲遂為裂，乃下降於一村中，村名閣南瑟（Gonesse），離巴黎僅二十里。村民見一巨物憑空下降，以為妖異，為恐禍之將及踵也，均驚駭奔竄而祈諸牧師。牧師本亦一無科學知識者，不知氣球為何物，乃率眾偵視氣球之所在，不敢直接前往，乃繞道而行。有頃，村民愈聚愈眾，見此龐然大物，無聲無臭。初則僅敢遠望，繼乃逐漸趨近，有膽略壯者，以鳥槍擊之。球本含氫氣無多，為槍子穿後，氫氣即由孔中逸出，球遂頓扁。村民知此怪物之無足懼也，乃爭先恐後，群持斧槌農具向球亂擊，而以斬餘之絲條繫於馬尾，招搖過市，大聲吆喝，如奏凱旋。法政府得此消息，即佈文告於全國，謂氣球乃近來科學上之新發明，不能殃人禍國、無事滋鬧云云。閣南瑟人民乃復安居樂業如常。

數日後，孟特哥爾飛赴巴黎。彼乃首倡氣球之人，自不甘落查爾斯之後。抵巴黎後，製一極大之氣球，圓徑四十六英尺，仍以氫為升空之氣，至九月十九日，於浮薩野皇宮內演放之，球下繫以一籃，內置羊、雞、鴨各一，觀者除路易十六及其皇后外，王公貴冑莫不畢至。氣球離地後，衝霄直上，速率甚大，於八分鐘內已橫行二英里許，而抵一千四百英尺之高度。下降後，村人急趨觀之，則籃中之雞犬固無恙也。

孟特哥爾飛另製一氣球，較前更大，容積十萬立方英尺，高八十五英尺，廣四十八英尺。下垂一籃，可以容人。並預置柴薪若干，欲升則多置柴薪於爐內，濃煙入球內，氣球即輕；若不加薪，則球內溫度減低，氣球因而下降。此法誠善矣。但乘氣球以升高，在當時實為一破天荒之舉。雖孤斯茅曾於百五十年前冒險上行，然其高不過百尺，不能與孟特哥爾飛之氣球同日語也。故當選實難其人，欲以罪囚二作為試驗品，以為彼等罪在不赦，即死於此役，則與正法同歸於盡；若幸而無恙，則彼等且可逃生矣。議未定，時巴黎人有名羅齊爾（Rozier）者，血性男子也，聞此大為不然。謂法人首先發明空中航行，乃法國之榮幸，首先乘氣球上升者，將來必可名垂史冊，豈可以一二大罪人而當此極名譽之重任乎？遂自薦。有阿蘭特伯爵者（Marquis d'Arlandes），亦冒險家也，願與羅齊爾同行。伯爵本與羅齊爾有舊，嘗相偕乘錠泊氣球上升，固患難友也。於一七八三年十一月二十一日下午二時，二人乘孟特哥爾飛氣球上升。於車中並攜清水一瓶、小爐一具，水以防不虞，薪以製熱氣，升至三百英尺時，羅齊爾與伯爵向下脫帽為禮，觀者大喝彩。二人在車中計共二十分鐘，時因南風甚競，故氣球飛行五英里，下降於一田家。羅齊爾與伯爵乘車回巴黎，當時歡迎之景象，可想見矣。

氣球之可以攜人上升往來空中，安然下降，至此已成為事實。查爾斯乃步孟特哥爾飛製一氫氣氣球，徑二十七英尺有半，球頂球底各有小孔一，所以備上升時球內壓力過大洩出氫氣之用。球下繫一舟，舟中可容三人，並具寒暑表、氣壓表等物。蓋球中所含係氫氣，無須時刻留心，故可觀察空氣溫度、氣壓及各種境象。舟內又置沙袋，欲上升，則棄沙袋於舟外，欲下降則啟球頂之孔，氫氣洩出而球即下降矣。查爾斯與羅齊爾於是年臘月朔日，亦往巴黎上升，計在空中為時二十多分鐘，橫行三十英里，高至九千尺云。

飛艇航行之歷史[21]

一覽世界文明進化之歷史，而嘆夫宗教、政治之改良，科學、實業之發達，以及一事一藝之發明，原其初焉，未有不由乎一二有志之士，殫思竭慮，大則犧牲其生命，小亦犧牲其財產、名位、光陰，以卒收有志竟成之效。即以空中航行而論，其所以能有今日之橫渡大西洋而無虞遠阻，直衝霄漢與天山、崑崙齊高而不患勞疲者，要亦由於少數勇於冒險之士犧牲其光陰、財產、生命之功效歟。

冒萬死一生之險，首先乘氣球上升者，為法人羅齊爾。而為空中航行犧牲其生命之第一人，亦厥推羅齊爾。當一七八五年法人布蘭查德（Blanchard）偕美人傑弗里斯（Jeffries）乘氣球渡多佛海峽（Strait of Dover），自英國之多佛城飛行至法國之加來（Calais），越廣二十餘海里之海峽而竟告無恙。羅齊爾者，好勝之士也，初不甘居人後。至是乃欲渡多佛海峽，自法而至英，乃特製一氣球，氫氣與熱空氣二者兼收並用。初不知氫氣之極易於燃燒也，及氣球上升，頃刻而後，球內之氫氣即為火所燃，而氣球遂兆焚如。氣豪一世之羅齊爾亦同付之一炬。在地面遠望，氣球宛如一流星向地面直下。迨其抵地時，適在法國之海濱羅齊爾已焦頭爛額，觀者唯能收拾其燼餘，瘞之以為後世之紀念而已。嗚呼！羅齊爾已矣，而後世之受其賜者，豈淺鮮哉？

氣球之發明，雖在十八世紀，然其航空事業尚在幼稚時代，至十九世紀，而氣球之效用乃大著，於是群謀所以改良之策。以氣球駕駛天空之缺點有二：⑴但能隨風飄揚，不能往來自如，風東則東，風西則西。⑵氣球既係球形，其在空氣中前行之阻力，必較尖錐形或橢圓形為大。是以改良之策，首在於裝置機器於氣球之旁，能操縱而左右之，雖遇逆風仍能前進；次則在於變通氣球之形式，而減少其在空中前行之阻力。茲二者改良而後，其結果即為今日之飛艇。

飛艇首見於一八五二年，是歲法人吉福德（Gifford）製一氣球，形似豬腰，而駕駛之以汽機，能上下進退，不憚狂風之吹阻。於是吉福德之名大噪於一時，世人稱之曰「空中航駛之富爾頓」。蓋富爾頓者，乃發明陸上用汽機之第一人也。至一八八四年，法人雷納（Renard）用電機駕駛一形如雪茄之氣球，附以舵及螺旋推轉機，能翱翔於空中，任所欲之，飛舞回繞一周，而仍能下降停止於原處。蓋至是而飛艇遂成為一航空之利器矣。

十九世紀氣球進步之梗概，即如上述。當時雖氣球之形式、結構以及駕駛之方未臻完美，而欲利用氣球以探險測奇者頗不乏人。夫以科學家之眼光觀之，則人類者實不啻一種不自由之囚徒耳。人類之囹圄，即地球表面之空氣層是也；人類之縲紲，即直徑八千英里之地球是也。吾人既不能須臾離此空氣，亦無龐大之能力，足以抵抗地心吸力而使吾人翺翔於空中。自氣球發明以後，吾人在地面之自由，乃稍稍活動，好奇者均欲乘氣球以上衝雲霄。然而離地面愈高，則空氣愈稀薄，溫度亦愈低，迨至六英里以上，則人類動、植物即無以生存。及至離地面百英里以上，則空氣即歸烏有矣。十九世紀中葉，氣象學尚未大明，於是乘氣球上升而戕其生命者，蓋亦不乏其人焉。

一八〇四年，法國著名化學家蓋呂薩克（Guy Lussac）及貝窩（Biot）二人，乘氣球上升至四千英尺之高，以瓶貯上層之空氣，挈下以驗其密度及其成份。因二人上升不甚高，故得告無恙。一八七五年，克羅西（Croce-Spinelli）、西衛（Sivel）及蒂散提（Tissandier）三人，在巴黎乘氣球名「衝霄」（Zenith）者而上升，達二萬餘英尺之高度。克羅西與西衛均因空氣過稀以致呼吸不靈而斃命。蒂散提亦失其知覺，迨後因球內氫氣外洩過多，氣球漸漸下降，蒂散提因得以逃生焉。

茲役以前，英國天文學家格萊須（Glaisher）亦因冒險上升過高，幾遭不測。

其一髮千鈞之現狀，則尤較蒂散提為危乎殆也。一八六一年，格萊須與考克斯韋爾（Coxwell）在倫敦乘氣球上升，考克斯韋爾司升降氣球之職，欲升則棄氣球中所置之沙袋於外，欲降則啟氣球絲囊中之小穴，氫氣得之以外洩。格萊須則掌觀察溫度，溫度之高下，記載氣壓之升降等職。當時倫敦觀者，肩摩踵接，炮聲隆然一鳴，羈球之索解而氣球上升，俄頃已騰青雲而直上矣。格萊須坐於絲囊上之車中，常起而觀察溫度、氣壓之升降。至氣球上升達一萬一千米左右時，格萊須方欲起立，測視旁立之氣壓表，而身已如木雞，不受腦筋之指揮，欲舉手觀時計，而手之重如鐵，欲啟口告考克斯韋爾，而噤不能聲。蓋已受呼吸氧氣不足之影響矣。時其同行之考克斯韋爾尚不知其禍之將旋踵也。有頃，考克斯韋爾亦覺身有異，逆料必為上升過高所致，於是欲舉手曳繩啟絲囊而使氫氣外洩。孰知心有餘而力不足，一舉手直不啻千鈞之重也。考克斯韋爾大驚，蓋明知任氣球之上升，則彼二人者必無倖，古人云人急智生，考克斯韋爾乃以齒嚙繩而掣之，絲囊遂開，氫氣漸洩，而氣球乃飛降矣。嗚呼，彼二人之得以逃生，亦云幸矣。

自是而後，雖空中探高者有所戒懼，而冒險上升者則仍不乏人。特欲上升過高，則多挈人造之氧氣與之俱，以備至上層空氣過稀處呼吸之用。至一八九四年，德人褒商（Berson）乃能乘氣球上升至三萬一千英尺之高，超越了世界最高山珠穆朗瑪峰之高度。[22]德人遂稱褒商為「世界之最高人」。雖至現時[23]飛機、飛艇之構造，遠勝十九世紀末葉，而人類上升之高度，無有能超其右者。

在十九世紀，氣球不但用以升高，亦用以為致遠之利器也。如一八四五年，阿班（Arban）自法國馬賽乘氣球越阿爾卑斯山，渡地中海而至北非洲之土靈（Turin），計程約四百英里，費時僅八小時耳。氣球飛行之遠且速，如茲役者，在當時實為創見。且其所乘之氣球，未經後人之改良，僅能隨風飄揚，而其成效已若此，亦足多矣。

十九世紀末葉，一八九七年，瑞典氣象學家安特魯（Andre）以地球之南北極在當時尚為人跡所未至之處，思欲乘氣球以為北極探險之舉，大為瑞典王所嘉許，並允資助焉。國內唯一之富翁諾貝爾（Alfred Nobel），亦解囊慨捐三千五百餘金鎊。於是趕製氣球，整理行裝。球係我國府綢所製，凡物之含鐵者概棄而不用，蓋欲測定北極之所在，必以指南針，若氣球載有含鐵之器，則即足亂其方針也。至期，安特魯約其二友會於斯皮茨伯根（Spitsburgen）。斯皮茨伯根者，瑞典最北之埠，然其離北極尚有亦百英里之遙也。起程之日，王公畢至，親友咸集。迨安特魯將入車之時，其摯愛之女友尚親執其手，而叮囑再三。安特魯雖豪邁之士，無畏難之心，然亦未免兒女情長，英雄氣短耳。俄而炮鳴索解，而球升矣，萬眾莫不舉首相望，而祝之曰：諸公此行，何異登仙，發明北極之人，捨諸公其誰？當臨行之初，氣球載有鴿若干，以為傳書之用。上升後數小時，即有三鴿前後口銜尺素而來，車中之人，均告無恙，親友聞之，莫不額手稱慶。嗣後數小時內絕無音訊，親友始有憂懼之色。然猛引領而望曰，庶幾其來乎？及時積月遷，而安特魯等尚如黃鶴之杳然，始知其必遭不測矣。後雖北冰洋常有探險家之往來，輪船輻輳，而莫能得安特魯等之蹤跡也。

十九世紀飛艇之發展，至齊柏林（Zepplin）而達極點。齊柏林者，乃飛艇特別之一種，為德人齊柏林子爵所發明，首見於一八九八年。齊柏林與他種飛艇之異點有三：(1)其形迴大於他種飛艇。(2)齊柏林非為一氣球，而為多數氣球所合而成。(3)每一氣球均置於鉛製圓柱中，各圓柱首尾相接，合成一豬腰形。故齊柏林之外部，非為柔軟之絲，而為堅固之鋁。乘人之車，即置於圓柱之下，轉運飛艇之螺旋機，則置於圓柱之兩旁。

齊柏林子爵係德意志軍官。當其初建議欲製偉大之飛艇也，德國輿論，莫不非笑之，以為庸人之自擾，莫甚於此。而彼獨然前進，不以人言為進退也。至一九〇〇年，「齊柏林第一」乃告竣。此艇長四百一十六英尺，舟身圓徑廣三十八英尺，能蓄氫氣四十萬立方英尺，載重九噸之多，合十七氣球而成。能翺翔於空中，宛如鵬鳥之飛舞也。至是，眾始服子爵之卓見。子爵築室於康斯坦茨湖（Lake Constance）旁，以貯此龐大之飛艇，一夕狂風怒發，「齊柏林第一」為風挾入湖中，受波濤之湧擊。風平而後，驗之，則已破裂不堪矣。子爵五萬金之巨款，數年之心血，均一旦擲之虛牝，幾痛欲死。幸而前德皇威廉第二，抱囊括宇宙之野心，知齊柏林之足為軍用上之利器也，乃助子爵以巨款，並設廠以製巨大軍用之飛艇。嗣後歲有所出，至歐戰以前，飛艇之善且多，仍以德意志稱最焉。

歐戰以來，德人於齊柏林之製造，頗守秘密，外人無從探悉。歐戰之初，德人之希望於齊柏林者頗奢，故常乘昏夜，載炸彈、火藥往攻巴黎，繼復渡北海而攻倫敦。曾於一九一七年有齊柏林一艘，往攻倫敦，及返國時，途經法境，於日中忽失火而下降，為法人所獲，細審之，則知合十八氣球而成。故全艇分為十八節，計共長六百五十英尺，每身圓徑八十二英尺，上部灰色，下部黑色。且舟內有機關能發煙霧，足以障蔽舟身，而使施放機關炮者，不易於命中。此艇重二十二噸，能載重三十八噸，艇內有汽機五座，合共馬力為一千二百，速率每小時六十英里以至七十英里。若以之為通商之用，則足以載旅客百人，貨物五千磅，於四十小時內能橫渡大西洋云。

德國之齊柏林者，洵可為龐大矣。特近時英國所製造之堅體飛艇，其龐大更甚於齊柏林也。此等堅體飛艇之形式與齊柏林相類似。其已製就者，為R33號及R34號。艇各長六百七十英尺，艇身圓徑八十英尺。能載重三千噸，內置汽機六座，合共馬力一千五百。R33號在空中飛騰四天八小時五十五分鐘，而不下停。其足以航渡大西洋，固無疑問，特現時英人方欲製造一種軟體飛艇，以為飛行紐約、倫敦間之用，其大尤甚於R33號。要之飛艇之進步，在今日蓋方興未艾也。

沙漠的概念與沙的來源 24

沙漠又稱旱海或大漠，蒙古語為戈壁或額倫，維吾爾語為庫姆，統指沙磧不毛之地。中國古書上沙漠的名稱也不一致。晉代法顯《佛國記》稱為沙河，其中有一段描寫敦煌附近的沙漠，記述如下：「沙河中多有惡鬼熱風，遇則皆死，無一全者。

上無飛鳥，下無走獸，遍望極目，欲求度處，則莫知所擬。唯以死人枯骨為標識耳。」在唐玄奘《大唐西域記》中又稱沙漠為大流沙或稱沙磧，其實沙漠有石質、礫質和砂質之分。而砂質中又有流動的與固定的分別。近來習慣稱石質、礫質者為戈壁，而砂質者才稱為沙漠。

在生物學上因沙漠、石磧均為不毛之地，故概名為荒漠。作為植被類型之一種，以別於森林和草原。但在寒帶和高山終年積雪之地亦有荒漠，嚴格說來，沙漠類型的荒漠，是指濕帶和亞熱帶地區因乾旱或人為原因所造成的不毛之地而言。普通以年雨量在100—250毫米以下的地區稱為荒漠，250—400毫米的地區為半荒漠。蘇聯科學家伊萬諾夫和布迪科等更以乾旱指數，即一地區年蒸發量與雨量之比，來定乾旱程度和劃分植被地帶。我國長江以南地區年蒸發量一般小於年降雨量，即乾旱指數在1以下，是為森林地帶。在華北及東北的西部一帶，乾旱指數為1—1.5，為森林草原地帶。內蒙古的東部乾旱指數為1.5—2.0，為乾草原。新疆的伊寧一帶乾旱指數為2.0—4.0時，則稱荒漠草原。如乾旱指數達到4.0以上，如河西走廊、新疆準噶爾盆地、塔里木盆地一帶則稱為荒漠。

一般人往往以為荒漠既為不毛之地，便一定不能生長農作物。其實荒漠如能得到適當的水源，並加以人工的灌溉，反而能得到比一般土地更高的產量，原因是這種土壤在發育過程中沒有受到淋溶的損失，礦物質充沛，再加上荒漠地區一般日照較長、陽光充足，所以青海的柴達木和新疆的哈密、吐魯番是我國小麥和棉花的高產區。

荒漠中最大的禍患是風和沙。因風的吹動使沙堆積成沙丘，高度可達數米到數十米，一般作新月形。形成以後，即順風移動，可以侵入田園、淹沒森林、埋葬鐵路、毀壞房屋甚至吞掉整個城市。因此沙漠中沙的形成和來源是一個很值得重視的科學問題。

在十九世紀七十年代，曾有過一個很流行的學說，認為現今的沙漠在古代均為大海，沙是由波浪打擊岸邊的岩石而形成的。此說尤以德國的李希霍芬為力。到十九世紀八十年代，俄國的維·阿·奧勃魯契也夫一八八七－一八九〇年在中亞細亞，即現今土庫曼共和國地區的喀拉庫姆（黑沙漠）中連續工作了三個夏天，證明該地區沙漠的成因主要是河流如阿姆河等的不斷變遷和移動。這種說法以後又為蘇聯科學家和別國的科學家在中亞及非洲撒哈拉等沙漠地區所證實。但沙漠不僅可由河流的剝蝕搬運作用而形成，並且亦可由湖泊、海洋以及冰川等原因而形成。去年我們在西北考察時，曾在青海湖的東南岸、海晏縣的西面看到有蔓延十餘公里的沙丘。這種沙丘即因青海湖的波浪擊撞了湖岸，將岩石打成沙礫，再經西北風吹上岸而逐步形成。目前還在繼續蔓延和成長中。此外在新疆的艾比湖畔，更看到眾多的沙丘群。但是大沙漠如撒哈拉、塔里木等的沙，則多半是河形成的。沙漠學是最近才逐步形成的一門新興科學。

沙漠的魔鬼[25]

古代親身到過沙漠的人，如晉僧法顯、唐僧玄奘，統把沙漠說得十分可怕，使人有深刻的印象。晉法顯著《佛國記》云：「沙漠有很多惡鬼和火熱的風，人一遇見就要死亡。沙漠是這樣荒涼，空中看不見一隻飛鳥，地上看不到一隻走獸。舉目遠看盡是沙，弄得人認不出路，只是循着從前死人死馬的骨頭向前走。」[26]玄奘《大唐西域記》卷十二也說：「東行入大流沙，沙被風吹，永遠流動着，過去人馬走踏的腳印，不久就為沙所蓋，所以人多迷路……而且時時聽到有歌嘯或號哭聲音，使人驚恐迷惑，失掉方向。因此同行的人，常有疾病死亡，這是魔鬼在作怪。」[27]

沙漠真像法顯和玄奘所說的那樣可怕嗎？解放以來我們的地質部、石油部、中國科學院的工作人員已經好幾次橫穿新疆塔克拉瑪干大戈壁，如入無人之境，這是何故呢？回答這一問題，我們要為法顯、玄奘設身處境，才可了解他們那時沙漠裏驚心動魄、鬼怪離奇的狀況。試想法顯出發時，有七個和尚結隊同行，但走了不久，就有的不勝其苦，開了小差，有的病死在途，最後只留他一人。唐玄奘也是單槍匹馬深入大戈壁，所謂孫行者、豬八戒、沙和尚等隨從人員，那是《西遊記》小說中的神話。那時，既無大隊駱駝帶了大量清水食品跟上來，更談不到汽車和飛機來支援，所以《佛國記》和《西域記》所說的，確是那時旅行家腦筋裏想象的狀況。

既然法顯和玄奘是意志堅強、翔實可靠的，那麼沙漠裏真有魔鬼嗎？回答是肯定的，同時也是否定的。肯定的是，因為在那時人們的知識水平看起來確像是有魔鬼在作怪；否定的是，人們掌握了自然規律以後，便可把這種光怪陸離的現象說清楚，一經道破，魔鬼便消滅了。光怪陸離的現象，在大戈壁夏天日中是常見的事。當人們旅行得渴不可耐的時候，忽然看見一個很大的湖，裏面蓄着碧藍的清水。看來並不很遠，但當人們歡天喜地似的向湖面奔來的時候，這蔚藍的湖卻總是那麼一個距離，所謂「可望而不可即」。阿拉伯人是對沙漠廣有經驗的民族，阿拉伯語文中稱這一現象為「魔鬼的海」。這一魔鬼的法寶到了十九世紀的初葉，方為法國數學家和水利工程師孟奇所戳穿。孟奇隨拿破崙所領軍隊到埃及來和英國爭奪殖民地，當時法國士兵在沙漠中見到這「魔鬼的海」極為驚奇，來請教孟奇。孟奇深深思考以後，便指出這是因為沙漠中地面被太陽曬得酷熱，貼近地面一層空氣溫度就比上面一兩米的溫度高許多。這樣由於光線折光和反射的影響，人們得到一個錯覺，空中的喬木看來好像倒栽在地上；蔚藍的天空，倒影在地上，便看成是汪洋萬頃的湖面了。若是近地面的空氣溫度下面低而上層高，短距離內相差7℃—8℃，像平直的海邊地區有時所遇見那樣，那便可把地平線下尋常所見不到的島嶼、人物統統倒映到天空中，成為空中樓閣，又叫作海市蜃樓。中國向來形容這類現象為「光怪陸離」四個字，是確有道理的。

在沙漠裏邊，不但光線會作怪，聲音也會作怪。唐玄奘相信這是魔鬼在迷人，直到如今，住沙漠中的人們卻也還有相信這樣的。但二千年以前我們勞動人民卻已從實踐上道破這一秘密，稱會發生聲音的沙地為「鳴沙」。在現寧夏回族自治區中衛縣靠黃河有一個地方名叫鳴沙山，恐即在今日沙坡頭地方，中國科學院和鐵道部等機關在此設有一個治沙站，站的後面便是騰格里沙漠。沙漠在此處已緊逼黃河河岸，沙高約一百米，沙坡面南坐北，中呈凹形，有很多泉水湧出，此沙向來是人們崇拜的對象，「每逢端陽節，男男女女便在山上聚會，然後紛紛順着山坡翻滾下來。這時候沙子便發生轟隆的巨響，像打雷一樣」。兩年前我和五六個同志曾經走到這鳴沙山頂上慢慢滾下來，果然聽到隆隆之聲，好像遠處汽車在行走似的。其實，只要沙漠面部的沙子是細沙而乾燥，含有大部份石英，被太陽曬得火熱後，經風的吹拂或人馬的走動，沙粒移動摩擦起來便會發出聲音，這便是鳴沙。古人說「見怪不怪、其怪自敗」，沙漠魔鬼的一個法寶從此又被人類的集體智慧所戳穿了。

論南水北調[28]

南水北調在我國是有充份的必要性，而且也是可能的。我們首先從必要性來說。大家知道，我國是世界上徑流資源非常豐富的國家，年約二萬七千多億立方米，在世界各國中僅次於巴西及蘇聯而居世界第三位。但這樣多的徑流資源在我國地區上的分佈是很不均勻的。長江流域及其以南地區耕地面積佔全國耕地總面積的 33%，而徑流量卻佔全國徑流總量的 70%；華北與西北佔全國耕地總面積的 51%，而徑流量只佔全國徑流總量的7%左右。水利資源的分佈如此不平衡，就嚴重地影響到我國廣大的乾旱區與半乾旱區的開發。我們知道，黃河流域和內蒙古、新疆都具有豐富的地下礦藏和很大的農牧業發展潛力，如能引長江所不急需之水以補益黃河，不僅可保證黃河中游的農田灌溉，而且將使具有優越梯級開發條件的黃河幹流的發電量大大增加，從而使我國北方的工業動力問題得以滿足，黃河遠景規劃中的航運條件得以提高和改善。又如我國的內蒙古草原地帶，有廣大而肥沃的土地資源，煤鐵礦藏都很豐富，但由於水源缺乏，目前還只能以發展畜牧業為主。如果能引水灌入內蒙古草原，則將使我國這塊廣大地區變為糧食基地，並使牧場單位面積的養畜量大大增加，也能滿足這裏工礦業和城市的用水。我國廣大的西北乾旱區，雖然有高山冰雪溶水可以引用，但為量有限，即使能充份利用，也不能解決全部可墾荒地變為農田的用水問題。更由於水土資源的分佈不平衡，許多地區缺水情況更為嚴重，尤其是還要考慮到治沙任務，改造廣大的沙漠與戈壁灘，將更加需要大量的水源，因此引用外來徑流改造沙漠，是治沙任務中的主要措施之一。

其次，南水北調雖有充份的必要性，但是否有可能性呢？過去在封建時代和半殖民地時期，要大規模地把南方的水引到北方乾旱區域是不可能的。二千年以前漢朝有人曾建議漢帝從黃河河套依地勢高下引水向東北經沙漠入海，終未見諸實行。從兩漢到解放以前，也有不少人做南水北調的夢想，但都不可能成為事實。

從西南高原或長江上游引水北來亦有相當條件的。我們知道，我國西南地區地勢高峻，是我國許多主要河流的發源地，地表徑流比較豐富。從這個地區的目前需要來看，用水量都不大，相形之下徑流資源是較多的。由於各河上游地勢均在二三千米以上，因而提供了向北引水的可能性。從黃河水利委員會的初步踏勘資料和水利科學研究院的初步分析資料中也可以看出，這種引水的可能性是有現實意義的。引水方案不僅是一條而且有很多條路線可供我們研究選擇。將來通過我們的實際考察和深入研究後，還可提出更多的方案作比較。當然，這個任務的實現不是短時間的事，這是一項極為艱巨而繁重複雜的任務。因為引水地區如川西、滇北均是山高谷深，許多工程要在人煙稀少、地高天寒、交通困難的條件下進行。加之引水路線又處在地震強度很大的地帶，許多地方受着山崩滑坍、泥石流的威脅，不但工程浩大，而且維持艱難。

南水北調對我國南部地區是否會產生不利影響呢？我認為是受損不大、受益不小，江水北調後，長江流域的水力發電要受到損失，但長江上游的水減少後將會對其中下游產生良好的效果。一般的看法認為，中國南部地區降水較多，氣候濕潤，引水以後基本上不致影響航運和工農業的用水，並且可以減輕氾濫的威脅。至於三峽的發電量雖然受到影響，但這些水量引向北流將在引水河道的各個梯級上發電，可使電力在地區的分佈上做到比較均勻，三峽水庫的淹沒損失也可大為減少。此外，川康山區少數民族地區，地上、地下資源豐富，對這些資源的開發也將創造良好的條件。當然，這個論點還需進一步研究。我們必須權衡利弊，定出一個既能照顧南部地區，也能解決北方乾旱、半乾旱地區的兩利方案。

在進行南水北調工作中，也將帶動我國若干科學部門的迅速發展和成長。由於這一偉大工程的興建，將涉及許多科學技術部門，許多複雜問題的解決都會促使該學科的發展，如地震的研究，防滲的研究，高壩建築和高水頭發電，人工河道的河床變形的研究，泥石流、滑坍的防止，大爆破的應用等一系列問題。同時南水北調涉及的流域很多，許多都是我們沒有作過科學考察的地區。為了作好跨流域的規劃，就需要對整個有關地區的自然資源情況進行深入的調查研究，這樣也就會推動整個地學部門、生物學部門以及經濟科學部門向前發展。此外，南水北調這一大規模改造自然工作完成後，將由於地面水份條件的變化而引起一系列自然條件的變化，如自然景觀、水份循環（特別是小循環）、氣候條件（特別是小氣候）等，在這些變化中又將要求我們開展改造自然實施效應的研究，以便預測將來整個地區的變化情況。因此，南水北調這一偉大任務，在科學上也有它重大的意義。

讓海洋更好地為我們服務 29

我國雖是一個大陸的國家，但是歷代以來我國的勞動人民對海洋事業有過不少的貢獻。在春秋戰國時代的齊國已號稱為「漁鹽之鄉」，《禹貢》「海岱唯青州……厥貢鹽絺，海物唯錯」，對海洋中兩個最重要的資源即魚和鹽已有很大的開發。魏晉六朝以後，我國與波斯、大食在海路上的往來已很頻繁。到宋朝和元朝，海洋上的交通商業更有很大的發展，那時重要的海口有廣州、泉州和明州等處，連印度和阿拉伯人要航海都必須乘坐我們中國的船舶。根據歷史的記載，北宋時已在航海上運用指南針，並用繩索來測量海的深度，調查海底污泥的性質。北宋宣和初年（一一一九）朱彧所著《萍洲可談》一書中說：「舟師夜則觀星，晝則觀日，陰晦觀指南針。」航行時以鈎繫長繩之端，時時取海底泥，以泥質推定位置，也知道下鉛錘測水深淺。這類遠洋航行，獲得了不少海洋知識。蘇東坡詩：「三時已斷黃梅雨，萬里初來舶棹風。」所謂舶棹風即是現在東南季風，可知當時的詩人已知道印度洋季風來往的時期了。至明朝永樂宣德年間（一四〇五－一四三三）鄭和奉使七次下西洋，最遠到達非洲的馬達加斯加島，第一次所組織的船隊即由大船四十八只組成，共有人員二萬七千餘名，其中最大的船長四百四十四尺，可容納一千餘人，無論從規模、設備、航程、遠近來看，都為當時西洋各國所不及。從鄭和的航行使我們得到不少關於當時南洋、西亞、東非一帶的地理、生物知識，同時也熟悉了沿海地形和海底地形、海上風向的概況。那時我國在造船技術上亦有許多特創之處，已知把船體分段構成，如此，在航行時如船體的一部份觸礁漏水，不致影響整體。這一方法到十八世紀才由美國法蘭克林（一七〇六－一七九〇）介紹到西洋航海業上。在宋、元迄明朝，我國可稱為「海上的權威」，但至明朝中葉以後，執政者採取了閉關自守的政策，從此以後正如俗話所說的，人民只能「望洋興嘆」，我國的海洋事業形成了一蹶不振的局面。

我國海洋資源的蘊藏量是十分豐富的，而且島嶼多、淺海多，大部份終年不凍，又是寒暖流交匯地點，這是我國海洋的優點。世界大洋約佔地球面積的 71%，平均深度達三千六百米，其中 77.1% 都是三千米以上的深海，而在二百米以內的淺海只有 7.6%。太陽光是植物的重要生活條件之一，海洋的深度超過八十米以上已很少光線了，因此在淺海裏的生物資源要比深海裏豐富得多。我國淺海面積約占全世界淺海面積的 23%，居世界第一位。加上暖、寒洋流和江河帶來的豐富養料，給予漁業的發展提供了良好的條件，目前全世界海洋一年水產總量約近三千萬噸，而且西方諸國只知捕捉不加保護培養，許多重要的海洋動物如大西洋中的鯨類幾已絕跡。去年我國水產部提出以養殖為前提的漁業政策，是非常正確的。循此方針加以努力，我國淡水和海洋水產年產量已居世界第三。解放以前我國每年須花外匯進口海帶，但不出十年，在黨的領導下，經科學工作人員的努力，我國不但能自給而且有餘，今年尚要爭取豐產。海洋不但生產動、植物資源，而且也蘊藏了大量礦產。最近在沿海各地，例如從杭州灣經蘇北沿海到渤海，都發現天然氣和油苗，很有找到海底油田的可能，如開發起來，在淺海區的條件就要比深海區優越得多。世界海洋的容積約為十三億立方公里，每立方公里海水中含礦物質：食鹽四千萬噸，氯化鎂四百萬噸，氯化鈣和硫酸鈣二百五十萬噸，硫酸鉀一百萬噸，此外還有四十多種化學元素，我國在第二個五年計劃期間海鹽的年產量預期能達到四千萬噸，這個數字對海洋說來只要一立方公里的海水，亦就是十三億分之一，可見海洋資源的豐富了。

航海在東方宋、元以來即甚發達，西方則自十五世紀末新大陸發現後日臻興盛，引起日後殖民主義的抬頭，但海洋學作為一門科學還是比較近代的。十八世紀中葉，俄國科學家羅蒙諾索夫曾提議帝俄科學院建立海洋航運研究所，未能見諸實行。到十九世紀七八十年代英國湯姆生和茂雷乘旦蘭求輪勘察大西洋和太平洋，俄國的馬可洛夫乘勇士號輪勘察北冰洋和太平洋，統搜集不少材料，這可說是近代海洋學的萌芽。一九二〇年以後採用聲波測量海洋深度的方法發明後，大大改進了測量海深的方法，不久魚群探測器亦隨之發明。在一九二〇年至一九四〇年的二十年間，蘇聯、挪威和美國建立了規模宏大的海洋研究機構，並先後派遣船隻勘察海洋。巴巴寧的北冰洋遠征隊是為世所熟知的。在第二次世界大戰期間，德國用潛水艇圍攻英國，使英國不能從國外得到糧食和軍用物資的補給，當時大西洋掀起了兇惡的戰鬥，一九四二年德國的潛水艇曾擊沉英、美的船隻六百二十五萬噸之多，幾使英國困居孤島得不到外地的糧食供應、陷入癱瘓的境地。以後因英、美應用了雷達和聲吶兩種探測武器，才能克服德國潛艇戰術。第二次世界大戰以後，海洋物理學這一門科目和海洋生物學、海洋地質學、海洋化學就很快地建立起來。這昭示了海洋學不但對於經濟建設能起重大作用，即在國防建設上也不可或缺。

海洋學和氣象學是姊妹科學，二者的關係是非常密切的。洋流和氣流一樣，它的原動力是兩極和熱帶上溫度的差別，洋流又直接受風的影響。同時海水吸收太陽輻射能力遠大於空氣，因之接近海洋的地方冬溫而夏涼，具有所謂海洋氣候。如西歐各國的緯度與我國東北地區及蘇聯西伯利亞濱海省相仿，而遠較我國東北和西伯利亞氣候為溫暖，此即因受墨西哥暖流的影響。但暖流所帶的熱量可以每年變化不同，這樣就影響到沿岸的氣溫變化。例如一九三二年起至一九三七年，墨西哥暖流的熱量每平方厘米每年增加了二千卡路里，致使西歐各國沿海地區的年平均溫度增加了2.5℃，而使與赤道相近的低緯度地區的年平均溫度有顯著的下降。印度洋的洋流與我國夏季風有密切關係，因夏季風來自印度洋，從而影響到大陸的雨量。例如今年夏季，東亞季風特別強大，連甘肅、河西走廊、新疆等極為閉塞乾旱的地區亦有較多的雨量。東亞夏季風風力的強弱、時間的遲早，影響到中國、印度、日本夏天雨量的多少和農產品的收成，而這夏季風都來自海洋中，因此為了要正確地長期預測大陸的天氣變化，摸清海洋的情況是必要的一個條件。

隨着我國國民經濟的發展，國防建設的需要，海洋工作的重要性已日益顯著起來，國家科學技術委員會已把海洋的調查和開發列為重點任務，以便迅速開展對海洋的普查，有重點地開發海洋資源，綜合利用海水。

註釋

1 本文原題《中國過去在氣象學上的成就》，係一九五一年四月十六日中國氣象學會第一次全體代表大會上的專題報告，刊載於《科學通報》一九五一年第二卷第六期。近現代部份已刪節，編者改為今題。

2 本文是根據香港《大公報》彙編的叢書《中國的世界第一》付印的。原書涉及各科學領域。其中作者有九篇短文，本集選入一篇。此據《竺可楨科普創作選集》，科學普及出版社一九八一年出版。

3 本文選自《東南季風與中國雨量》，刊載於《中國現代科學論著叢刊》——氣象學（一九一九—一九四九），科學出版社一九五四年版，有刪節。

4 本文原載於《東方雜誌》，一九二六年第二十三卷第十三期，有刪節。

5 《宋史》卷三百十一。

6 武堉干譯《人口問題》第 29—30 頁。

7 鄭樵《通志》卷四十二，《禮略一》「大雩」條下。

8 《上海申報》一九五五年七月二十二日。

9 《春秋繁露》卷十六，「求雨第七十四」。偽造説見姚際恆《古今偽書考》。

10 《古今圖書集成》，曆象彙編，《乾像典》卷八十四書事之六。

11 《春秋繁露》卷三，「精華第五大雩」條下。

12 《通志》卷四十二，「禮略」下。

13 顧炎武《日知錄》卷十二。

14 《西遊記》為元、明時人所作。

15 此處年代依藤原 平，雲を摑い話，東京，第151頁。

16 明代陳耀文《天中記》卷三引《梁益記》。又江西牯嶺亦多雨，較九江約多40%。

17 清代朱竹坨選《明詩綜》卷一百，雜歌俚諺第一百五十五首。

18 本文選自《高空之探測》，原係一九三二年十一月十八日在中央大學地理系演講稿，刊載於一九三四年《科學》第十八卷第十期，有刪節。

19 本文選自《空中航行之歷史》，原文連載於《科學》，一九一九年第四卷第八期、第十二期；一九二〇年第五卷第二期。題目為編者所加。

20 查爾斯即發明熱學查爾斯定律（Charles Law）之物理學家。

21 本文選自《空中航行之歷史》，原文連載於《科學》一九一九—一九二〇年，題目為編者所加。

22 珠穆朗瑪峰在喜馬拉雅山中，高二萬九千零二英尺。

23 指本文發表當時。

24 本文選自《改造沙漠是我們的歷史任務》，見《人民日報》一九五九年三月二日。原文未分自然段，題目為編者所加。

25 本文選自《變沙漠為綠洲》，係一九六〇年所作。見《竺可楨文集》，科學出版社一九七九年出版。

26 晉法顯撰《佛國記》卷一。法顯於晉安帝隆安三年（三九九）從長安出發，由玉門、敦煌經羅布泊沿孔雀河到庫爾勒，又循於闐河到於闐，過葱嶺入印度。至安帝義熙八年（四一二）由錫蘭島坐船回至山東青州。本段文字已通俗化。

27 《大唐西域記》凡十二卷，唐僧玄奘口述，他的學生辯機編寫。玄奘於貞觀元年（六二七）出發，經新疆天山北路至印度留十八年，於貞觀十九年（六四五）取道新疆天山南路回到長安。

28 本文原載於《地理知識》一九五九年第十卷第四期，有刪節。

29 本文係一九五九年一月五日在中國科學院海洋工作會議上的講話摘要，原題《讓海洋更好地為社會主義建設服務》，刊載於《科學通報》一九五九年第四期，有刪節。

天地博雅文叢

- 經典常談　朱自清 著
- 新編《千家詩》　田奕 編
- 邊城　沈從文 著
- 孔子的故事　李長之 著
- 啟功談金石書畫　啟功 著　趙仁珪 編
- 沈尹默談書法　沈尹默 著
- 詞學十講　龍榆生 著
- 詩詞格律概要　王力 著
- 唐宋詞欣賞　夏承燾 著
- 古代漢語常識　王力 著
- 梁思成建築隨筆　梁思成 著　林洙 編
- 簡易哲學綱要　蔡元培 著
- 唐宋詞啟蒙　李霽野 著
- 唐人絕句啟蒙　李霽野 著

唐詩縱橫談　周勛初 著

佛教基本知識　周叔迦 著

佛教常識答問　趙樸初 著

漢化佛教與佛寺　白化文 著

沈從文散文選　沈從文 著

宋詞賞析　沈祖棻 著

人間詞話新註　王國維 著　滕咸惠 校註

閒談寫對聯　白化文 著

魯迅作品細讀　錢理群 著

夜闌話韓柳　金性堯 著

日用交誼尺牘　譚正璧 著

陶淵明批評　蕭望卿 著

名篇詞例選說　葉嘉瑩 著

中國畫的藝術　徐悲鴻 著　馬小起 編

天道與人文　竺可楨 著　施愛東 編

www.cosmosbooks.com.hk

書　　名　天道與人文
作　　者　竺可楨
編　　者　施愛東
編輯委員會　梅　子　曾協泰　孫立川
　　　　　陳儉雯　林苑鶯
責任編輯　何健莊
封面設計　郭志民
美術編輯　蔡學彰
出　　版　天地圖書有限公司
　　　　　香港黃竹坑道46號
　　　　　新興工業大廈11樓（總寫字樓）
　　　　　電話：2528 3671　傳真：2865 2609
　　　　　香港灣仔莊士敦道30號地庫（門市部）
　　　　　電話：2865 0708　傳真：2861 1541
印　　刷　美雅印刷製本有限公司
　　　　　香港九龍官塘榮業街6號海濱工業大廈4字樓A室
　　　　　電話：2342 0109　傳真：2790 3614
發　　行　聯合新零售(香港)有限公司
　　　　　香港新界荃灣德士古道220-248號荃灣工業中心16樓
　　　　　電話：2150 2100　傳真：2407 3062
出版日期　2022年5月／初版

ISBN ： 978-988-8550-25-8